数控编程与操作

主编　张海军
主审　任乃飞

重庆大学出版社

内 容 简 介

本书是根据教育部《关于加强高职高专教材建设的若干意见》文件的精神，并结合编者多年来数控加工与编程的教学、科研和工程实践的经验编写的。

本书以数控编程与操作技能为主导，从实际应用的需要出发，比较详细地介绍了采用主流数控系统（如FANUC，SINUMERIK 等）的数控机床的编程方法与加工操作。全书共6章，第1,2章介绍了数控加工与编程技术基础及数控加工工艺基础知识；第3章介绍了数控车床编程与操作；第4章介绍了数控铣床编程与操作；第5章介绍了数控加工中心编程与操作；第6章介绍了数控电火花线切割机床编程与操作。

本书编写力求理论表述简洁易懂，步骤清晰明了，便于初学者学习使用。

图书在版编目（CIP）数据

数控编程与操作/张海军主编. —2 版. —重庆：
重庆大学出版社,2011.1
高职高专数控技术应用专业系列教材
ISBN 978-7-5624-3606-5

Ⅰ.①数… Ⅱ.①张… Ⅲ.①数控机床—程序设计—高等学校：技术学校—教材②数控机床—操作—高等学校：技术学校—教材 Ⅳ.①TG659

中国版本图书馆 CIP 数据核字(2010)第 234102 号

数控编程与操作

主编　张海军
主审　任乃飞
责任编辑:彭　宁　　版式设计:彭　宁
责任校对:李定群　　责任印制:赵　晟

*

重庆大学出版社出版发行
出版人:邓晓益
社址:重庆市沙坪坝正街 174 号重庆大学（A 区）内
邮编:400030
电话:(023) 65102378　65105781
传真:(023) 65103686　65105565
网址:http://www.cqup.com.cn
邮箱:fxk@ cqup.com.cn（营销中心）
全国新华书店经销
重庆升光电力印务有限公司印刷

*

开本:787×1092　1/16　　印张:7.75　　字数:193 千
2011 年 1 月第 2 版　　2011 年 1 月第 2 次印刷
印数:4 001—6 000
ISBN 978-7-5624-3606-5　定价:15.00 元

前 言

随着全球化的加速,许多发达国家和跨国公司看好中国市场,将部分制造业进一步向中国转移。改革开放以来,中国制造业得到快速发展,取得了骄人的业绩,但与发达国家相比还存在相当大的差距。数控技术也是关系我国制造业发展和综合国力提高的关键技术,虽然我国制造业已开始广泛使用先进的数控技术,但掌握数控技术的机电复合型人才奇缺,其中仅数控机床的操作、编程、维修人员的缺口就达 60 多万人,加速培养掌握数控技术的应用型人才已成为当务之急。

中国制造业提升发展的关键是人才,我国数控技术人才不仅数量上奇缺,而且质量上也存在一定缺陷,即他们的知识、能力结构不能适应和满足现代制造业的需求。"中国制造业"的发展呼唤我国高职数控技术专业要适应市场需求,改革现行的课程体系、教学内容和教学方式,对传统的以学科为主线的教学内容进行必要的整合,适当降低理论深度难度,拓宽知识面,加强岗位能力需要的新技术、新知识。本教材以培养从事数控编程与操作的职业能力为目标,将必要的知识支撑点融于能力培养的过程中,注重实践教学,注重知识的综合应用,将数控机床编程与操作有机结合起来,以满足制造业发展对人才的需求。

在我国大力发展高等职业教育的今天,适合于高等职业教育的高职高专教材建设已提上重要的议事日程。本书是按高职高专教学要求,在编者多年教学实践的基础上,以培养和提高学生在数控加工过程中的工艺分析、编程能力以及实际加工的操作技能为目标进行编写的。本书以数控编程与操作技能为主导,从实际应用的需要出发,尽量减少枯燥、实用性不强的理论概念,比较详实地介绍了采用主流数控系统(如 FANUC,SINUMERIK 等)的数控机床的编程方法与加工操作,各章附有思考与练习题,可供学生练习或作为实训课题。本书编写力求理论表述简洁易懂,步骤清晰明了,便于初学者学习使用。

本书第 1 章,第 2 章和第 6 章由淮安信息职业技术学院张海军编写;第 3 章由叶畅编写;第 4 章,第 5 章由尹昭辉编写。张海军为主编,江苏大学机械学院任乃飞教授审阅,他为本书的编写提出了许多宝贵的建议,在此表示感谢。全书由张海军负责统稿和定稿。

　　由于编者的水平和经验所限,书中难免有欠妥和疏漏之处,恳请读者批评指正。编者电子邮件地址:hy_hj@163.com。

编　者

2005 年 10 月

目录

第 **1** 章
数控加工与编程概述

1.1 数控机床概述

1.1.1 数控机床的产生

数控机床(Numerical Control Machine Tools)是装备了数控系统的机床。数控系统是采用数字控制技术的自动控制系统,它能够自动识别并处理使用规定的数字和文字编码的程序,从而控制机床完成预定的加工操作。

随着社会生产和科学技术的飞速发展,机械制造技术发生了深刻的变化,机械产品日趋精密复杂,且改型频繁,尤其是在宇航、军事、造船等领域所需的零件,精度要求高,形状复杂,批量又小。传统的普通机械加工设备已难以适应市场对产品多样化的要求,为了满足上述要求,以数字控制技术为核心的新型数字程序控制机床应运而生。

1952 年,美国帕森斯(Parsons)公司与美国麻省理工学院(MIT)合作,试制成功世界上第一台三坐标数控铣床,当时的数控装置采用电子管元件。50 多年来,数控机床经历了电子管、晶体管、小规模集成电路、大规模集成电路、专用计算机、通用计算机和计算机网络等多个时代的发展,是综合应用计算机、自动控制、自动检测及精密机械等高新技术的典型的机电一体化产品。

1.1.2 数控机床的组成与工作过程

(1)数控机床组成与结构

数控机床由数控系统和机床本体两大部分组成,数控系统是由输入输出装置、数控装置、可编程控制器、伺服系统、检测反馈装置等组成,如图 1.1 所示。

1)输入输出装置

输入装置可将不同加工信息传递给计算机。在数控机床产生的初期,输入装置为穿孔纸带,现已趋于淘汰;目前,使用键盘、磁盘等,极大地方便了信息输入工作。随着计算机辅助设

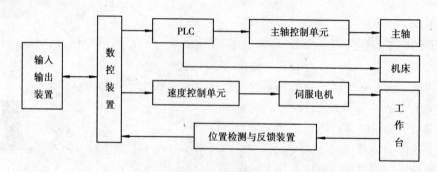

图 1.1 数控机床的组成

计与制造技术的发展,有些数控机床可利用 CAD/CAM 软件在通用计算机上编程,然后通过计算机与数控机床之间的通信接口,将程序与数据直接传送给数控装置。

输出装置输出系统内部工作参数(含机床正常、理想工作状态下的原始参数,故障诊断参数等),显示命令与图形等。

2)数控装置

数控装置是数控机床的核心和主导,接受外部输入的加工程序和各种控制命令,识别这些程序和命令并进行运算处理,然后输出控制命令,最终实现数控机床各功能的指挥工作。现在的数控机床一般都采用微型计算机作为数控装置,这种数控装置称为计算机数控(CNC)装置。

3)可编程控制器

可编程序控制器即 PLC,它对主轴单元实现控制,将程序中的转速指令进行处理而控制主轴转速;管理刀库,进行自动刀具交换、选刀方式、刀具累计使用次数、刀具剩余寿命及刀具刃磨次数等管理;控制主轴正反转和停止、准停、切削液开关、卡盘夹紧松开、机械手取送刀等动作;还对机床外部开关(行程开关、压力开关、温控开关等)进行控制;对输出信号(刀库、机械手、回转工作台等)进行控制。

4)检测反馈装置

由检测元件和相应的电路组成,主要是检测速度和位移,并将信息反馈于数控装置,实现闭环控制以保证数控机床加工精度。

5)机床本体

机床本体即数控机床的机械部分,包括床身、主轴、进给传动机构等机械部件。

(2)**数控机床工作过程**

数控机床的工作过程大致包括如下几个步骤,如图 1.2 所示。

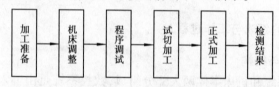

图 1.2 数控机床的工作过程

数控加工的准备过程较复杂,内容多。首先根据被加工零件图纸所规定的零件形状、尺寸、材料及技术要求等,进行工艺分析,制订工艺方案,然后再将加工顺序、切削用量、刀具与工件相对运动的轨迹和距离等,使用专用代码,编制数控加工程序,另外还要选择工装、辅具及其使用方法等。

机床的调整主要包括刀具命名、调入刀库、工件安装、对刀、测量刀位、机床各部位状态等多项工作内容。

程序调试主要是对程序本身的逻辑问题及其设计合理性进行检查和调整。

试切加工则是对零件加工设计方案进行动态下的评估。

试切成功后方可对零件进行正式加工,并对加工后的零件进行结果检测。

前三步工作均为待机时间,为提高工作效率,希望待机时间越短越好,越有利于机床合理使用。该项指标直接影响对机床利用率的评价(即机床实动率)。

1.1.3 数控机床的分类

(1)按数控系统的功能分类

1)普通数控机床

普通数控机床一般指在加工工艺过程中的一个工序上实现数字控制的自动化机床,如数控铣床、数控车床、数控钻床、数控磨床与数控齿轮加工机床等。普通数控机床在自动化程度上还不够完善,刀具的更换与零件的装夹仍需人工来完成。

2)加工中心

加工中心是带有刀库和自动换刀装置的数控机床,它将铣削、镗削、钻削、攻螺纹等功能集中在一台设备上,零件在一次装夹后,可以对其大部分加工面进行铣、镗、钻、扩、铰及攻螺纹等多工序加工。加工中心能有效地避免由于多次安装造成的定位误差,因此它适用于产品更换频繁、精度要求高、生产批量不大而生产周期短的产品。

(2)

1)点

如图，控制是指数控系统只控制刀具或工作台从一点移至另一点的准确定位,然后进行。点与点之间的路径不需控制。采用这类控制的有数控钻床、数控冲床和数控坐标镗床等。

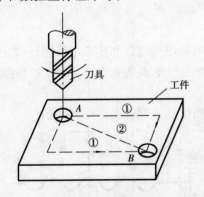

图1.3　点位控制数控机床移动示意图　　图1.4　点位直线控制数控机床加工示意图

2)点位直线控制数控机床

如图1.4所示,点位直线控制是指数控系统除控制直线轨迹的起点和终点的准确定位外,还要控制在这两点之间以指定的进给速度,沿平行于某坐标轴或与某坐标轴呈45°的斜线方向进行直线切削加工。采用这类控制的有简易数控镗铣床和数控磨床等。

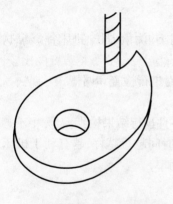

图 1.5 轮廓控制数控机床加工示意图

3）轮廓控制数控机床

亦称连续轨迹控制,如图 1.5 所示,多采用两坐标或多坐标联动控制。为了使刀具按规定的轨迹加工工件的曲线轮廓,数控装置具有插补运算的功能,使刀具的运动轨迹以最小的误差逼近规定的轮廓曲线,并协调各坐标方向的运动速度,以便在切削过程中始终保持规定的进给速度。采用这类控制的有数控车床、数控铣床、数控磨床、数控线切割机床和加工中心等。

（3）**按联动轴数分类**

数控系统控制几个坐标轴按需要的函数关系同时协调运动,称为坐标联动,按照联动轴数可以分为:

1）两轴联动

数控机床能同时控制两个坐标轴联动,适于数控车床加工旋转曲面或数控铣床铣削平面轮廓。

2）两轴半联动

在两轴的基础上增加了 Z 轴的移动,当机床坐标系的 X,Y 轴固定时,Z 轴可以作周期性进给。两轴半联动加工可以实现分层加工。

3）三轴联动

数控机床能同时控制三个坐标轴的联动,用于一般曲面的加工,一般的型腔模具均可以用三轴联动的数控铣床加工完成。

4）多坐标联动

数控机床能同时控制四个以上坐标轴的联动。多坐标数控机床的结构复杂,精度要求高、程序编制复杂,适于加工形状复杂的零件,如叶轮、叶片类零件。

通常三轴机床可以实现二轴、二轴半、三轴加工;五轴机床也可以只用到三轴联动加工,而其他两轴不联动。

（4）**按控制方式分类**

1）开环控制系统

开环控制系统是指不带反馈装置的控制系统,由步进电机驱动线路和步进电机组成,如图1.6 所示。数控装置经过控制运算发出脉冲信号,每一脉冲信号使步进电机转动一定的角度,通过滚珠丝杠推动工作台移动一定的距离。

这种伺服机构比较简单,工作稳定,容易掌握使用,但精度和速度的提高受到限制。

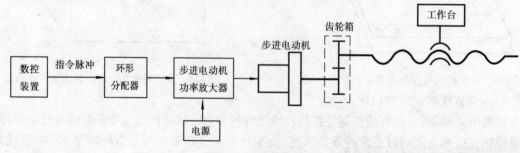

图 1.6 开环控制系统

2）半闭环控制系统

如图1.7所示,半闭环控制系统是在开环控制系统的伺服机构中装有角位移检测装置,通过检测伺服机构的滚珠丝杠转角间接检测移动部件的位移,然后反馈到数控装置的比较器中,与输入原指令位移值进行比较,用比较后的差值进行控制,使移动部件补充位移,直到差值消除为止的控制系统。

这种伺服机构所能达到的精度、速度和动态特性优于开环伺服机构,为大多数中小型数控机床所采用。

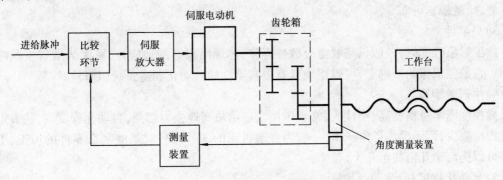

图1.7 半闭环控制系统

3）闭环控制系统

如图1.8所示,闭环控制系统是在机床移动部件上直接装有直线位置检测装置,将检测到的实际位移反馈到数控装置的比较器中,与输入的原指令位移值进行比较,用比较后的差值控制移动部件做补充位移,直到差值消除时才停止移动,达到精确定位的控制系统。

闭环控制系统的定位精度高于半闭环控制,但结构比较复杂,调试维修的难度较大,常用于高精度和大型数控机床。

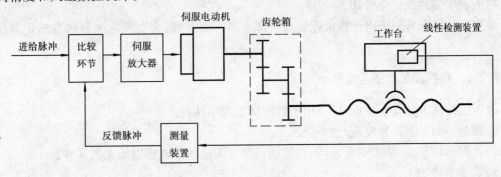

图1.8 闭环控制系统

1.2 数控加工概述

1.2.1 数控加工的特点

与普通机床相比,数控机床加工具有如下特点:

1）适合于复杂零件的加工

数控机床可以完成普通机床难以完成或根本不能加工的复杂零件的加工，因此在宇航、造船、模具等加工业中得到广泛应用。

2）加工精度高，加工稳定可靠

数控机床的传动装置与床身结构具有很高的刚度和热稳定性，而且在传动机构中采取了减小误差的措施，并由控制系统进行补偿，所以数控机床本身的定位精度和重复定位精度都很高，因而具有较高的加工精度；另外，数控机床实现计算机控制，排除人为误差，零件的加工一致性好，质量稳定可靠。

3）高柔性

加工对象改变时，一般只需要更改数控程序，体现出很好的适应性，可大大节省生产准备时间。在数控机床的基础上，可以组成具有更高柔性的自动化制造系统（FMS）。

4）生产效率高

数控机床本身精度高、刚性大，常常采用大进给量高速强力切削，自动化程度高，装夹定位和过程检验少，因而提高了生产率，一般为普通机床的3～5倍，对某些复杂零件的加工，生产效率可以提高十几倍甚至几十倍。

5）自动化程度高，劳动条件好

数控机床的加工过程是按输入程序自动完成的，一般情况下，操作者只要做装卸工件、更换刀具、关键工序的中间检测以及观察机床运行等工作，操作人员劳动强度大大降低，工作环境较好。

6）生产准备工作复杂

由于整个加工过程采用程序控制，数控加工的前期准备工作较为复杂，包含工艺确定、程序编制等。

7）有利于实现现代化管理

采用数控机床有利于向计算机控制与管理生产方面发展，为实现生产过程自动化创造了条件。

1.2.2　数控加工的适应范围

由于数控机床具有上述特点，适用于数控加工的零件有：

1）批量小而又多次重复生产的零件；

2）几何形状复杂、精度要求较高，在普通机床上无法加工或难以加工的零件；

3）贵重零件加工；

4）试制件；

5）需要最小生产周期的零件。

对以上零件采用数控加工，才能最大限度地发挥出数控加工的优势。

1.2.3　数控加工技术的发展

目前，世界先进制造技术不断兴起，超高速切削、超精密加工等技术的应用，柔性制造系统的迅速发展和计算机集成系统的不断成熟，对数控加工技术提出了更高的要求。当今数控机床正在朝着以下几个方面发展。

1）高速度、高精度化

速度和精度是数控机床的两个重要指标，它直接关系到加工效率和产品质量。机床向高速化方向发展，不但可大幅度提高加工效率、降低加工成本，而且还可提高零件的表面加工质量和精度。

2）多功能化

配有自动换刀机构(刀库容量可达 100 把以上)的各类加工中心，能在同一台机床上同时实现铣削、镗削、钻削、车削、铰孔、扩孔、攻螺纹等多种工序加工，现代数控机床还采用了多主轴、多面体切削，即同时对一个零件的不同部位进行不同方式的切削加工。数控系统由于采用了多 CPU 结构和分级中断控制方式，即可在一台机床上同时进行零件加工和程序编制，实现所谓的"前台加工,后台编辑"。为了适应柔性制造系统和计算机集成系统的要求，数控系统具有远距离串行接口，甚至可以联网，实现数控机床之间的数据通信，也可以直接对多台数控机床进行控制。

3）智能化

智能化是 21 世纪制造技术发展的一个大方向。现代数控机床将引进自适应控制技术，根据切削条件的变化，自动调节工作参数，使加工过程中能保持最佳工作状态，从而得到较高的加工精度和较小的表面粗糙度，同时也能提高刀具的使用寿命和设备的生产效率。具有自诊断、自修复功能，以确保无人化工作环境的要求。为实现更高的故障诊断要求，其发展趋势是采用人工智能专家诊断系统。

4）数控编程自动化

随着计算机应用技术的发展，目前 CAD/CAM 图形交互式自动编程已得到广泛的应用，是数控技术发展的新趋势。

5）可靠性最大化

数控机床的可靠性一直是用户最关心的主要指标。随着数控机床网络化应用的发展，数控机床的高可靠性已经成为数控系统制造商和数控机床制造商追求的目标。

6）控制系统小型化

数控系统小型化便于将机、电装置结合为一体。目前主要采用超大规模集成元件、多层印刷电路板，采用三维安装方法，使电子元器件得以高密度安装，较大规模缩小系统的占有空间。而利用新型的彩色液晶薄型显示器替代传统的阴极射线管，将使数控操作系统进一步小型化。这样可以方便地将它安装在机床设备上，更便于对数控机床的操作使用。

1.2.4　数控加工的人才需求

在加入世贸组织后，中国正在逐步变成世界制造中心，机械制造企业为了增强竞争力已开始广泛使用先进的数控技术。党的十六大也明确提出走新型工业化道路，坚持以信息化带动工业化，以工业化促进信息化，大力振兴装备制造业。根据数控人才市场需求的调研情况，数控加工行业有着广阔的发展前景，人才的需求量很大。

与数控加工有关的职业岗位主要有：数控机床操作、数控加工工艺设计及编程、数控机床管理与维修、数控加工生产组织管理、数控设备营销及技术服务。

在以上工作岗位中，社会尤其需要数控机床操作、数控加工工艺设计及编程、数控机床维修及改造等技能型人才。

1.3 数控编程基础

1.3.1 数控编程的基本概念

(1)程序编制的内容及步骤

编制数控加工程序是使用数控机床的一项重要技术工作。理想的数控程序不仅应该保证加工出符合零件图样要求的合格零件,还应该使数控机床的功能得到合理的应用与充分的发挥,使数控机床能安全、可靠、高效的工作。数控编程是指从零件图纸到获得数控加工程序的全部工作过程。如图1.9所示,编程工作主要包括:

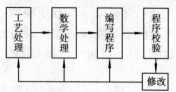

图1.9 数控程序编制的内容及步骤

1)工艺分析

这项工作的内容包括:对零件图样进行分析,明确加工的内容和要求;确定加工方案;选择适合的数控机床;选择或设计刀具和夹具;确定合理的走刀路线及选择合理的切削用量等。

2)数学处理

根据零件的几何尺寸、加工路线等,计算刀具中心运动轨迹,以获得刀位数据。

数控系统一般均具有直线插补与圆弧插补功能,对于加工由圆弧和直线组成的较简单的平面零件,只需要计算出零件轮廓上相邻几何元素交点或切点的坐标值,得出各几何元素的起点、终点、圆弧的圆心坐标值等,就能满足编程要求。当零件的几何形状比较复杂,并与控制系统的插补功能不一致时,就需要进行较复杂的数值计算,大都需要使用计算机来完成数值计算工作。

3)编写零件加工程序

根据计算出的刀具运动轨迹坐标值和已确定的切削用量以及辅助动作,使用数控系统的程序指令,按照规定的程序格式,逐段编写加工程序。程序编制人员应对数控机床的功能、程序指令及代码十分熟悉,才能编写出正确的加工程序。

4)程序检验

将编写好的加工程序输入数控系统,就可控制数控机床加工。一般在正式加工之前,要对程序进行检验。通常可采用机床空运转的方式,来检查机床动作和运动轨迹的正确性,以检验程序;在具有图形模拟显示功能的数控机床上,可通过显示走刀轨迹或模拟刀具对工件的切削过程,对程序进行检查;也可以利用仿真软件来检查程序是否正确。

上述这些方法只能检验刀具的运动轨迹正确与否,不能检查加工精度。对于形状复杂和要求高的零件,采用铝件、塑料或石蜡等易切材料进行试切来检验程序。通过检查试件,不仅可确认程序是否正确,还可知道加工精度是否符合要求。若能采用与被加工零件材料相同的材料进行试切,则更能反映实际加工效果,当发现加工的零件不符合加工技术要求时,可修改程序或采取尺寸补偿等措施。

(2)数控程序编制的方法

数控加工程序的编制方法主要有两种:手工编制程序和自动编制程序。

1）手工编程

手工编程指编制零件数控加工程序的各个步骤,即从零件图样分析、工艺处理、确定加工路线和工艺参数、几何计算、编写零件的数控加工程序单直至程序的检验,均由人工来完成,如图 1.10 所示。

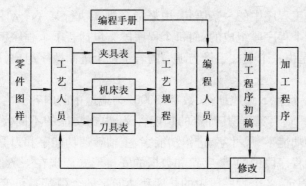

图 1.10　手工编程

对于几何形状不太复杂的零件,所需的加工程序不长,计算比较简单,用手工编程比较合适。手工编程的缺点:耗费时间较长,容易出现错误,无法胜任复杂形状零件的编程。

2）计算机自动编程

自动编程是指由计算机完成程序编制中的大部分或全部工作的编程方法。

采用计算机自动编程时,数学处理、编写程序、检验程序等工作是由计算机自动完成的,由于计算机可自动绘制出刀具中心运动轨迹,使编程人员能及时检查程序是否正确,需要时可及时修改,以获得正确的程序。又由于计算机自动编程代替程序编制人员完成了繁琐的数值计算,可提高编程效率几十倍乃至上百倍,因此解决了手工编程无法解决的许多复杂零件的编程难题。因而,自动编程的特点就在于编程工作效率高,可解决复杂形状零件的编程难题。

(3)程序格式

1）加工程序的一般格式

数控加工程序一般包括程序开始符、程序名、程序主体、程序结束指令和结束符等几个部分。

例如:

%	开始符
O2000;	程序名
N10 G00 G54 X40 Y30 M03 S2000;	
N20 G01 X80.1 Y50.2 F600 T02 M08;	程序主体
N30 X100;	
……	
N400 M02;	程序结束指令
%	结束符

程序开始符、结束符是同一个字符,ISO 代码中是 %,EIA 代码中是 EP,书写时要单列一段。

程序名有两种形式:一种是英文字母 O 和 1～4 位正整数组成;另一种是由英文字母开

头,字母数字混合组成的。一般要求单列一段。

程序主体是由若干个程序段组成的。每个程序段一般占一行。

程序结束指令可以用 M02 或 M30。一般要求单列一段。

2)程序段格式

程序段是数控加工程序中的一条语句,用来指令机床执行某一个动作或一组动作。一个数控加工程序由若干个程序段组成的,而每个程序段又包括若干个程序字。

程序字简称字,是由一个英文字母与随后的若干位十进制数字组成,这个英文字母称为地址符。

如:"S2000"是一个字,S 为地址符,数字"2000"为地址中的内容。

组成程序段的每一个字都有其特定的功能含义,根据功能的不同,程序字可分为顺序号字、准备功能字、辅助功能字、尺寸字、进给功能字、主轴转速功能字和刀具功能字。

程序段格式是指程序段中的字、字符和数据的安排形式。现在一般使用字地址可变程序段格式,每个字长不固定,各个程序段中的长度和功能字的个数都是可变的,在上一程序段中写明的、本程序段里又不变化的那些字仍然有效,可以不再重写。这种功能字称之为续效字。字地址可变程序段格式中,程序字的排列顺序不严格,但为了书写和阅读的方便,习惯上按一定的顺序排列:N、G、X、Y、Z、F、S、T、D、M。

程序段格式举例:

N20 G01 X80.1 Y50.2 F600 S2000 T02 M08;

N40 X90;(本程序段省略了续效字"G01,Y50.2,F600,S2000,T02,M08",但它们的功能仍然有效)

在程序段中,必须明确组成程序段的各要素:

移动目标:终点坐标值 X、Y、Z;

沿怎样的轨迹移动:准备功能字 G;

进给速度:进给功能字 F;

切削速度:主轴转速功能字 S;

使用刀具:刀具功能字 T;

机床辅助动作:辅助功能字 M。

(4)常用程序字

组成程序段的每一个字都有其特定的功能含义,以下是以 FANUC-0i 数控系统的规范为主来介绍,在实际工作中,应参照机床数控系统说明书正确使用各个功能字。

1)顺序号字

顺序号又称程序段号或程序段序号。顺序号位于程序段之首,由顺序号字 N 和后续数字组成。顺序号字 N 是地址符,后续数字一般为 1~4 位的正整数。数控加工中的顺序号实际上是程序段的名称,与程序执行的先后次序无关。数控系统不是按顺序号的次序来执行程序,而是按照程序段编写时的排列顺序逐段执行。

顺序号的作用:对程序的校对和检索修改;作为条件转向的目标,即作为转向目的程序段的名称。有顺序号的程序段可以进行复归操作,这是指加工可以从程序的中间开始,或回到程序中断处开始。

一般使用方法:编程时将第一程序段冠以 N10,以后以间隔 10 递增的方法设置顺序号,这样,在调试程序时,如果需要在 N10 和 N20 之间插入程序段时,就可以使用 N11,N12 等。

2)准备功能字

准备功能字的地址符是 G,又称为 G 功能或 G 指令,是用于建立机床或控制系统工作方式的一种指令。后续数字一般为 1~3 位正整数,表 1.1 列出了 FANUC 系统和 SIEMENS 系统常用 G 功能代码。

表 1.1　G 功能字含义表

功能字	FANUC 系统	SIEMENS 系统	功能字	FANUC 系统	SIEMENS 系统
G00	快速移动	快速移动	G65	用户宏指令	…
G01	直线插补	直线插补	G70	精加工循环	英制
G02	顺时针圆弧插补	顺时针圆弧插补	G71	外圆粗切循环	米制
G03	逆时针圆弧插补	逆时针圆弧插补	G72	端面粗切循环	…
G04	暂停时间	暂停时间	G73	封闭切削循环	…
G05	…	中间点圆弧插补	G74	深孔钻循环	…
G17	XY 平面选择	XY 平面选择	G75	外径切槽循环	…
G18	ZX 平面选择	ZX 平面选择	G76	复合螺纹切削循环	…
G19	YZ 平面选择	YZ 平面选择	G80	撤销固定循环	撤销固定循环
G32	螺纹切削	…	G81	定点钻孔循环	固定循环
G33	…	恒螺距螺纹切削	G90	绝对值编程	绝对尺寸
G40	刀具半径补偿注销	刀具半径补偿注销	G91	增量值编程	增量尺寸
G41	刀具半径左补偿	刀具半径左补偿	G92	螺纹切削循环	主轴转速极限
G42	刀具半径右补偿	刀具半径右补偿	G94	每分钟进给量	直线进给率
G43	刀具长度正补偿	…	G95	每转进给量	旋转进给率
G44	刀具长度负补偿	…	G96	恒线速控制	恒线速度
G49	刀具长度补偿注销	…	G97	恒线速取消	注销 G96
G50	主轴最高转速限制	…	G98	返回起始平面	…
G54 ~ G59	加工坐标系设定	可设定零点偏置	G99	返回 R 平面	…

3)尺寸字

尺寸字用于确定机床上刀具运动终点的坐标位置。

其中,第一组 X,Y,Z,U,V,W,P,Q,R 用于确定终点的直线坐标尺寸;第二组 A,B,C,D,E 用于确定终点的角度坐标尺寸;第三组 I,J,K 用于确定圆弧轮廓的圆心坐标尺寸。在一些数控系统中,还可以用 P 指令暂停时间、用 R 指令圆弧的半径等。

多数数控系统可以用准备功能字来选择坐标尺寸的制式,如 FANUC 系统可用 G21/G22 来选择米制单位或英制单位,也有些系统用系统参数来设定尺寸制式。采用米制时,一般单位为 mm,如 X100 指令的坐标单位为 100mm。

4）进给功能字

进给功能字的地址符是 F，又称为 F 功能或 F 指令，用于指定切削的进给速度。对于车床，F 可分为每分钟进给量和主轴每转进给量两种，对于其他数控类型机床，一般只用每分钟进给。F 指令在螺纹切削程序段中表示螺纹的导程。

5）主轴转速功能字

主轴转速功能字的地址符是 S，又称为 S 功能或 S 指令，用于指定主轴转速。单位为 r/min。对于具有恒线速度功能的数控车床，程序中的 S 指令用来指定车削加工的线速度。

6）刀具功能字

刀具功能字的地址符是 T，又称为 T 功能或 T 指令，用于指定加工时所用刀具的编号。对于数控车床，其后的数字还兼作指定刀具长度补偿和刀尖半径补偿用。

7）辅助功能字

辅助功能字的地址符是 M，后续数字一般为 1~3 位正整数，又称为 M 功能或 M 指令，用于指定数控机床辅助装置的开关动作，见表 1.2。

表 1.2　M 功能字含义表

代　码	功　　能	代　码	功　　能
M00	程序停止	M07	2 号冷却液开
M01	计划停止	M08	1 号冷却液开
M02	程序停止	M09	冷却液关
M03	主轴顺时针旋转	M30	程序停止并返回开始处
M04	主轴逆时针旋转	M98	调用子程序
M05	主轴旋转停止	M99	返回子程序
M06	换刀		

1.3.2　数控机床的坐标系

数控机床的坐标系统，包括坐标系、坐标原点和运动方向，对于数控加工及编程，是一个十分重要的概念。每一个数控编程员和数控机床的操作者，都必须掌握机床坐标系、编程坐标系、加工坐标系的概念，对数控机床的坐标系统有一个完整且正确的理解，否则，程序编制将发生混乱，操作时更会发生事故。

（1）机床坐标系

1）机床坐标系的概念

在数控机床上，机床的动作是由数控装置来控制的，为了确定数控机床上的成形运动和辅助运动，必须先确定机床上运动的位移和运动的方向，这就需要通过坐标系来实现，这个坐标系被称之为机床坐标系。数控机床的坐标系采用右手直角笛卡尔坐标系，如图 1.11 所示，其基本坐标轴为 X，Y，Z 直角坐标，分别用大拇指、食指和中指来表示，相对于每个坐标轴的旋转运动坐标为 A，B，C，符合右手螺旋法则，旋转方向以逆时针为正，即握紧拳头，伸出大拇指，大拇指指向坐标轴正向，四指方向即为旋转方向。

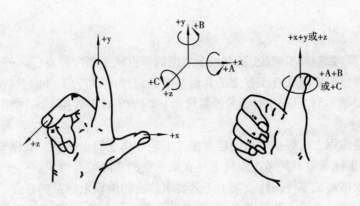

图 1.11　右手直角坐标系与右手螺旋法则

2）坐标轴及其运动方向

不论机床的具体结构是工件静止、刀具运动，还是工件运动、刀具静止，数控机床的坐标运动总是假定刀具运动、工件静止不动，这样编程人员在不考虑机床上工件与刀具具体运动的情况下，就可以依据零件图样，确定机床的加工过程。

数控机床的坐标轴及其运动方向的规定：

①Z 轴定义为平行于机床主轴的坐标轴，如果机床有一系列主轴，则选尽可能垂直于工件装夹面的主要轴为 Z 轴，其正方向定义为刀具远离工作台的运动方向。

②X 轴作为水平的，平行于工件装夹平面的坐标轴，其方向确定略显复杂。

如果工件做旋转运动，则刀具离开工件的方向为 X 坐标的正方向。如果刀具做旋转运动，则分为两种情况：Z 坐标水平时，观察者沿刀具主轴向工件看时，+X 运动方向指向右方；Z 坐标垂直时，观察者面对刀具主轴向立柱看时，+X 运动方向指向右方。

③Y 轴的运动方向则根据 X 轴和 Z 轴按右手法则确定。旋转坐标轴 A，B，C 相应地在 X，Y，Z 坐标轴正方向上，按右手螺纹前进方向来确定。

3）机床原点

现代数控机床一般都有一个基准位置（set location），称为机床原点（machine origin 或 home position）或机床绝对原点（machine absolute origin），是机床制造商设置在机床上的一个物理位置，其作用是使机床与控制系统同步，建立测量机床运动坐标的起始点。

在数控车床上，机床原点一般取在卡盘后端面与主轴中心线的交点处。在数控铣床上，机床原点一般取在 X，Y，Z 坐标的正方向极限位置上。

4）机床参考点

与机床原点相对应的还有一个机床参考点（reference point），它也是机床上的一个固定点，一般不同于机床原点。一般来说，加工中心的参考点为机床的自动换刀位置。

机床参考点是用于对机床运动进行检测和控制的固定位置点。机床参考点的位置是由机床制造厂家在每个进给轴上用限位开关精确调整好的，坐标值已输入数控系统中。因此参考点对机床原点的坐标是一个已知数。通常在数控铣床上机床原点和机床参考点是重合的；而在数控车床上机床参考点是离机床原点最远的极限点。

数控机床开机时，必须先确定机床原点，而确定机床原点的运动就是返回参考点的操作，通过确认参考点，就确定了机床原点。只有机床参考点被确认后，刀具（或工作台）移动才有基准。

5)程序原点

对于数控编程和数控加工来说,还有一个重要的原点就是程序原点(program origin),是编程人员在数控编程过程中定义在工件上的几何基准点,有时也称为工件原点(part origin)。程序原点一般用 G92 或 G54～G59(对于数控镗铣床)和 G50(对于数控车床)指定。

(2)**编程坐标系**

编程坐标系是编程人员根据零件图样及加工工艺等建立的坐标系。编程坐标系一般供编程使用,确定编程坐标系时不必考虑工件毛坯在机床上的实际装夹位置。

编程原点是根据加工零件图样及加工工艺要求选定的编程坐标系的原点。编程原点应尽量选择在零件的设计基准或工艺基准上,编程坐标系中各轴的方向应该与所使用的数控机床相应的坐标轴方向一致。

(3)**加工坐标系**

1)加工坐标系的概念

加工坐标系是指以确定的加工原点为基准所建立的坐标系。

加工原点是指零件被装夹好后,相应的编程原点在机床坐标系中的位置。

在加工过程中,数控机床是按照工件装夹好后所确定的加工原点位置和程序要求进行加工的。编程人员在编制程序时,只要根据零件图样就可以选定编程原点、建立编程坐标系、计算坐标数值,而不必考虑工件毛坯装夹的实际位置。对于加工人员来说,则应在装夹工件、调试程序时,将编程原点转换为加工原点,并确定加工原点的位置,在数控系统中给予设定(即给出原点设定值),设定加工坐标系后就可根据刀具当前位置,确定刀具起始点的坐标值。在加工时,工件各尺寸的坐标值都是相对于加工原点而言的,这样数控机床才能按照准确的加工坐标系位置开始加工。

2)加工坐标系的设定

①在机床坐标系中直接设定加工原点。

G54～G59 为设定加工坐标系指令。G54 对应一号工件坐标系,其余以此类推。可在 MDI 方式的参数设置页面中,设定加工坐标系。当 G54～G59 在加工程序中出现时,即选择了相应的加工坐标系。

②通过刀具起始点来设定加工坐标系。

加工坐标系的原点可设定在相对于刀具起始点的某一符合加工要求的空间点上。

应注意的是,当机床开机回参考点之后,无论刀具运动到哪一点,数控系统对其位置都是已知的。也就是说,刀具起始点是一个已知点。

G92 为设定加工坐标系指令。在加工坐标系中,确定刀具起始点的坐标值,并将该坐标值写入 G92 编程格式中。在程序中出现 G92 程序段时,即通过刀具当前所在位置即刀具起始点来设定加工坐标系。

G92 指令的编程格式:G92 X a Y b Z c;

1.3.3 程序编制中的数学处理

根据被加工零件图样,按照已经确定的加工工艺路线和允许的编程误差,计算数控系统所需要输入的数据,称为数学处理。数学处理一般包括两个内容:根据零件图样给出的形状,尺寸和公差等直接通过数学方法(如三角、几何与解析几何法等),计算出编程时所需要的有关各点的坐标值;当按照零件图样给出的条件不能直接计算出编程所需的坐标,也不能按零件给出的条件直接进行工件轮廓几何要素的定义时,就必须根据所采用的具体工艺方法、工艺装备等加工条件,对零件原图形及有关尺寸进行必要的数学处理或改动,才可以进行各点的坐标计算和编程工作。

(1)选择编程原点

从理论上讲编程原点选在零件上的任何一点都可以,但实际上,为了换算尺寸尽可能简便,减少计算误差,应选择一个合理的编程原点。

车削零件编程原点的 X 向零点应选在零件的回转中心。Z 向零点一般应选在零件的右端面、设计基准或对称平面内。车削零件的编程原点选择见图 1.12。

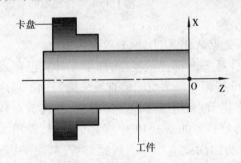

图 1.12　车削加工的编程原点

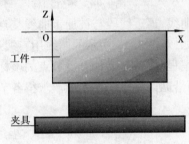

图 1.13　铣削加工的编程原点

铣削零件的编程原点,X,Y 向零点一般可选在设计基准或工艺基准的端面或孔的中心线上,对于有对称部分的工件,可以选在对称面上,以便用镜像等指令来简化编程。Z 向的编程原点,习惯选在工件上表面,这样当刀具切入工件后 Z 向尺寸字均为负值,以便于检查程序。铣削零件的编程原点见图 1.13。

编程原点选定后,就应把各点的尺寸换算成以编程原点为基准的坐标值。为了在加工过程中有效地控制尺寸公差,按尺寸公差的中值来计算坐标值。

(2)**基点坐标的计算**

零件的轮廓一般由直线、圆弧或二次曲线等几何要素所组成,各几何要素之间的连接点称为基点。基点坐标是编程中必需的重要数据。

例:图 1.14 所示零件中,A,B,C,D,E 为基点。A,B,D,E 的坐标值从图中很容易找出,C 点是直线与圆弧切点,要联立方程求解。以 B 点为计算坐标系原点,联立下列方程:

直线方程:$Y = \tan(\alpha + \beta)X$

圆弧方程:$(X - 80)^2 + (Y - 14)^2 = 30^2$

可求得(64.2786,39.5507),换算到以 A 点为原点的编程坐标系中,C 点坐标为(64.2786,51.5507)。

可以看出,对于如此简单的零件,基点的计算都很麻烦,一般可采用 CAD 软件绘图来确定基点的坐标值。对于复杂的零件,为提高编程效率,可应用 CAD/CAM 软件自动编程。

(3)**节点坐标的计算**

数控系统一般只具备直线插补和圆弧插补功能。如果工件轮廓是非圆曲线,数控系统就无法直接实现插补,而需要通过一定的数学处理。数学处理的方法是,用直线段或圆弧段去逼

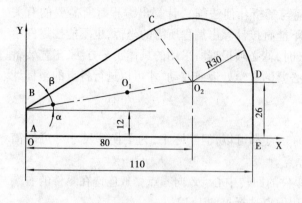

图 1.14　零件图样

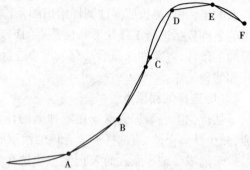

图 1.15　零件轮廓的节点

近非圆曲线,逼近线段与被加工曲线交点称为节点。

　　例如,对图 1.15 所示的曲线用直线逼近时,其交点 A,B,C,D,E,F 等即为节点。

　　在编程时,首先要计算出节点的坐标,节点的计算一般都比较复杂,靠手工计算已很难胜任,必须借助计算机辅助处理。求得各节点后,就可按相邻两节点间的直线来编写加工程序。

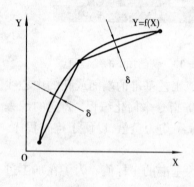

图 1.16　逼近误差

　　这种通过求得节点,再编写程序的方法,使得节点数目决定了程序段的数目。如图 1.15 中有 6 个节点,即用 5 段直线逼近了曲线,因而就有 5 个直线插补程序段。节点数目越多,由直线逼近曲线产生的误差 δ 越小,程序的长度则越长。可见,节点数目的多少,决定了加工的精度和程序的长度。因此,正确确定节点数目是个关键问题。

　　(4)数控加工误差分析

　　影响数控加工误差的因素较多,有编程误差、机床误差、工件定位误差、对刀误差等。

　　编程误差由逼近误差、圆整误差组成。逼近误差是在用直线段或圆弧段去逼近非圆曲线的过程中产生,如图 1.16所示。圆整误差是在数据处理时,将坐标值四舍五入圆整成整数脉冲当量值而产生的误差。脉冲当量是指每个单位脉冲对应坐标轴的位移量。普通精度级的数控机床,一般脉冲当量值为 0.01mm;较精密数控机床的脉冲当量值为 0.005mm 或 0.001mm 等。

　　机床误差由数控系统误差、伺服系统误差等原因产生。定位误差是当工件在夹具上定位、夹具在机床上定位时产生的。对刀误差是在确定刀具与工件的相对位置时产生。

　　数控系统误差一般极小,对刀误差又可通过参数补偿予以控制,因而编程误差、伺服系统误差和工件定位误差是影响加工误差的主要因素。

思考与练习题

　　1.1　简述数控机床的组成及工作过程。

　　1.2　数控机床是如何进行分类的?

1.3　数控加工的特点有哪些？适合于何种类型零件的加工？

1.4　简述数控加工技术的发展方向。

1.5　数控编程的内容及步骤如何？

1.6　什么是手工编程？什么是自动编程？它们各有何特点？

1.7　常用的数控功能指令有哪些类型(写出 5 个以上)？并简述其功能。

1.8　什么叫机床坐标系,如何确定数控车床与数控铣床的机床坐标系？

1.9　在数控编程中,如何选择一个合理的编程原点？

1.10　什么叫基点？什么叫节点？它们在零件轮廓上的数目如何确定？

1.11　在互联网上查询资料,了解数控加工技术的最新发展趋势及目前国内外有哪些常用的自动编程软件,它们各有哪些特点？

第2章
数控加工工艺设计基础

2.1 数控加工工艺概述

数控机床的加工工艺与通用机床的加工工艺有许多相同之处,但在数控机床上加工零件比通用机床加工零件的工艺规程要复杂得多。在数控加工前,要将机床的运动过程、零件的工艺过程、刀具的形状、切削用量和走刀路线等都编入程序,这就要求程序设计人员具有多方面的基础知识。合格的编程人员首先是一个合格的工艺设计人员,否则就无法做到全面周到地考虑零件加工的全过程,以及正确、合理地编制零件的加工程序。在进行数控加工工艺设计时,一般应进行数控加工工艺内容的选择和数控加工工艺性分析。

2.1.1 数控加工工艺内容的选择

对于一个零件来说,并非全部加工工艺过程都适合在数控机床上完成,而往往只是其中的一部分工艺内容适合数控加工。这就需要对零件图样进行仔细的工艺分析,选择那些最适合、最需要进行数控加工的内容和工序。在考虑选择内容时,应结合本企业设备的实际,立足于解决难题、攻克关键问题和提高生产效率,充分发挥数控加工的优势。

在选择时,一般可按下列顺序考虑:

1) 优先选择通用机床无法加工的内容;

2) 重点选择通用机床难以加工或质量难以保证的内容;

3) 通用机床加工效率低、劳动强度大的内容,在数控机床尚存在富裕加工能力时选择数控加工。

一般来说,上述这些加工内容采用数控加工后,在产品质量、生产效率与综合效益等方面都会得到明显提高。此外,在选择和决定加工内容时,也要考虑生产批量、生产周期、工序间周转情况等等。总之,要尽量做到合理,达到多、快、好、省的目的,要防止把数控机床降格为通用机床使用。

2.1.2　数控加工的工艺性分析

被加工零件的数控加工工艺性问题涉及面很广,下面结合编程与加工的必要性、可能性和方便性提出一些必须分析和审查的主要内容。

1)尺寸标注应符合数控加工的特点

在数控编程中,所有点、线、面的尺寸和位置都是以编程原点为基准的。因此零件图样上最好直接给出坐标尺寸,或尽量以同一基准引注尺寸。

2)几何要素的条件应完整、准确

在程序编制中,编程人员必须充分掌握构成零件轮廓的几何要素条件及各几何要素间的关系。由于零件设计人员在设计过程中考虑不周或被忽略,常常遇到构成零件轮廓的几何元素条件不充分或含糊不清,如圆弧与直线、圆弧与圆弧是相切还是相交或相离。因为在自动编程时要对零件轮廓的所有几何元素进行定义,手工编程时要计算出每个节点的坐标,无论哪一点不明确或不确定,编程都无法进行。所以,在审查与分析图纸时,一定要仔细核算,发现问题,及时与设计人员沟通。

3)结构工艺合理

零件的外形、内腔最好采用统一的几何类型及尺寸,这样可以减少换刀次数,使编程方便,生产效率提高。零件的形状尽可能对称,便于利用数控机床的镜向加工功能来编程,以节省编程时间。

内槽圆角的半径不宜过小。零件工艺性的好坏与被加工轮廓的高低、转接圆弧半径的大小有关。内槽圆角半径大,就可以采用较大直径的刀具来加工,加工平面时,进给次数相应减少,加工质量也会提高,所以工艺性好。通常 $R < 0.2H$(H 为被加工零件轮廓的最大高度)时,可判断零件的该部位加工工艺性不好。

4)定位基准可靠

在数控加工中,加工工序往往较集中,以同一基准定位十分重要,尤其是正反两面都采用数控加工的零件,如不采用同一基准,很难保证两次定位安装加工后两个面上的轮廓位置与尺寸协调。如果零件上没有合适的定位基准,则应在零件上设置辅助基准,或在毛坯上增加一些工艺凸台,以保证数控加工的定位准确、可靠。

通过对零件的工艺分析,可以深入全面地了解零件,及时地对零件结构和技术要求等作必要的修改,进而确定该零件是否适合在数控机床上加工,适合在哪种数控机床上加工,在某台机床上应完成零件的哪些工序或哪些表面的加工等。

2.2　数控加工工艺设计

2.2.1　数控加工工艺路线设计

数控加工工艺路线设计仅是几道数控加工工序工艺过程的具体描述,而不是指从毛坯到成品的整个工艺过程。数控加工工序一般都穿插于零件加工的整个工艺过程中,因而要与其他加工工艺衔接好。

数控加工工艺路线设计中应注意以下几个问题：

（1）**工序的划分**

在数控机床上加工零件，工序可以比较集中，一次装夹应尽可能完成全部工序。与普通机床加工相比，加工工序划分有其自己的特点，常用的工序划分原则有以下两种。

1）保证精度的原则

数控加工要求工序尽可能集中，常常粗、精加工在一次装夹下完成，为减少热变形和切削力变形对工件的形状、位置精度、尺寸精度和表面粗糙度的影响，应将粗、精加工分开进行。对轴类或盘类零件，将各处先粗加工，留少量余量精加工，来保证表面质量要求。同时，对一些箱体工件，为保证孔的加工精度，应先加工表面而后加工孔。

2）提高生产效率的原则

数控加工中，为减少换刀次数，节省换刀时间，应将需用同一把刀加工的加工部位全部完成后，再换另一把刀来加工其他部位。同时应尽量减少空行程，用同一把刀加工工件的多个部位时，应以最短的路线到达各加工部位。

（2）**顺序的安排**

顺序的安排应根据零件的结构和毛坯状况，以及定位、安装与夹紧的需要来考虑。顺序安排一般应按以下原则进行：

1）上道工序的加工不能影响下道工序的定位与夹紧，中间穿插有通用机床加工工序的也应综合考虑；

2）先进行内腔加工，后进行外形加工；

3）以相同定位、夹紧方式加工或用同一把刀具加工的工序，最好连续加工，以减少重复定位次数、换刀次数与挪动压板次数；

4）在同一次安装中进行的多道工序，应先安排对刚性破坏较小的工序。

（3）**走刀路线的确定**

在数控加工中，走刀路线就是刀具（严格说是刀位点）在整个加工工序中相对于工件的运动轨迹和方向。即刀具从对刀点开始运动起，直至结束加工程序所经过的路径，包括切削加工的路径及刀具引入、返回等非切削空行程。它不但包括了工步的内容，也反映出工步顺序。走刀路线是编写程序的依据之一。

确定走刀路线时主要考虑以下几点：

1）寻求最短走刀路线

在保证加工质量的前提下，应寻求最短走刀路线，以减少整个加工过程中的空行程时间，提高加工效率。如加工图 2.1（a）所示零件上的孔系。图 2.1（b）的走刀路线为先加工完外圈孔后，再加工内圈孔。若改用图 2.1（c）的走刀路线，则可节省近一半的定位时间。

2）最终轮廓一次走刀完成

为保证工件轮廓表面加工后的粗糙度要求，当零件的加工余量较大时，可采用多次进给逐渐切削的方法，最后留少量精加工余量，安排在最后一次走刀中连续加工出来。

图 2.2（a）为用行切方式加工内腔的走刀路线，走刀路线最短，但有接刀痕，达不到要求的表面粗糙度。图 2.2（b）为采用环切法的走刀路线，虽无接刀痕，加工质量好，但路线最长。图 2.2（c）先用行切法，最后沿周向环切一刀，光整轮廓表面，加工路线虽不是最短，但加工质量好，为最佳方案。

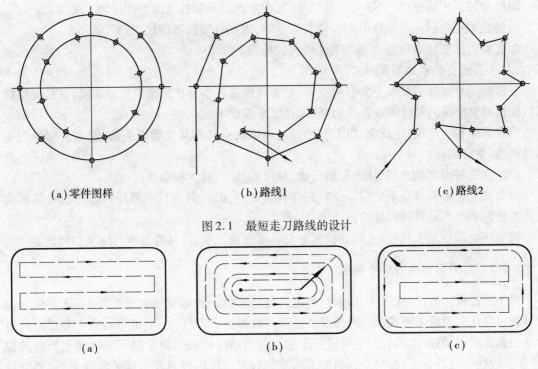

（a）零件图样 （b）路线1 （c）路线2

图 2.1 最短走刀路线的设计

图 2.2 铣削内腔的三种走刀路线

3）注意安排好切入切出方向

对于连续铣削轮廓，要注意安排好刀具的切入、切出。如图 2.3 所示，考虑刀具的进、退刀（切入、切出）路线时，刀具的切出或切入点应在沿零件轮廓的切线上，以保证工件轮廓光滑；应避免在工件轮廓面上垂直上、下刀而划伤工件表面；并且在轮廓切削过程中要尽量避免停顿，以免因切削力突然变化造成弹性变形，致使在零件轮廓上留下刀痕。

4）选择使工件在加工后变形小的路线

对横截面积小的细长零件或薄板零件应采用分几次走刀加工到最后尺寸或对称去除余量法安排走刀路线。

数控加工工艺路线是工序设计的基础，其设计的质量会直接影响零件的加工质量与生产效率。实际生产中，加工路线的确定要根据零件的具体结构特点，综合考虑，灵活运用。

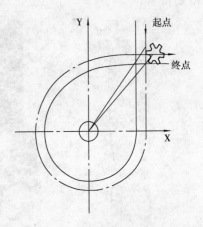

图 2.3 刀具切入和切出时的外延

2.2.2 确定定位和夹紧方案

在数控加工时既要保证加工质量，又要减少辅助操作时间，提高加工效率。因此，应选用能准确和迅速定位并夹紧零件的装夹方案和夹具。

（1）工件装夹的基本原则

1）力求设计基准、工艺基准与编程计算基准统一；

2）尽量将工序集中，减少装夹次数，尽可能在一次装夹后加工出全部待加工表面；

3）避免采用占机人工调整时间长的装夹方案，以充分发挥数控机床的效能；

4）夹紧力的作用点应落在工件刚性较好的部位。

（2）**夹具选择的基本原则**

数控加工对夹具的要求主要有两点：一是要保证夹具本身在机床上安装准确；二是要协调工件和机床坐标系的尺寸关系。除此之外，还要考虑以下几点：

1）夹具结构力求简单，优先采用组合夹具、可调式夹具和其他通用夹具，避免采用专用夹具，以缩短生产周期；

2）装卸工件要迅速方便，优先采用气动、液压夹具，以减少辅助时间；

3）夹具上各零部件应不妨碍机床对工件各表面的加工，即夹具要敞开，其定位、夹紧机构元件不能影响加工时刀具的进给；

4）为满足数控加工精度，夹具在机床上安装要准确可靠，并具有足够的刚度和强度。

2.2.3　对刀点和换刀点的确定

对于数控机床来说，在加工开始时，确定刀具与工件的相对位置是很重要的，这一相对位置是通过确认对刀点来实现的。对刀点是指通过对刀确定刀具与工件相对位置的基准点。对刀点的选择原则是：所选的对刀点应使程序编制简单，容易找正、便于确定零件加工原点的位置，加工过程中检验方便，有利于提高加工精度。对刀点可以设置在被加工零件上，也可以设置在夹具上与零件定位基准有一定尺寸联系的某一位置，对刀点往往就选择在零件的加工原点。

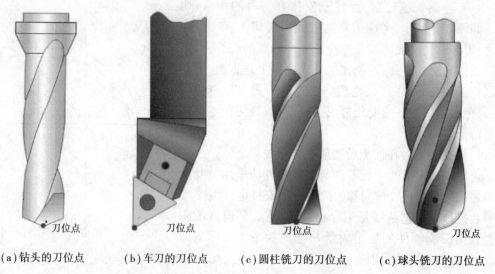

（a）钻头的刀位点　　（b）车刀的刀位点　　（c）圆柱铣刀的刀位点　　（c）球头铣刀的刀位点

图2.4　刀位点

在使用对刀点确定加工原点时，就需要进行"对刀"。所谓对刀是指直接或间接地使"对刀点"与"刀位点"重合的操作。每把刀具的半径与长度尺寸都是不同的，刀具装在机床上后，应在控制系统中设置刀具的基本位置。"刀位点"是指编制数控加工程序时用以确定刀具位置的基准点。如图2.4所示，圆柱铣刀的刀位点是刀具中心线与刀具底面的交点；球头铣刀的刀位点是球头的球心点或球头顶点；车刀的刀位点是刀尖或刀尖圆弧中心；钻头的刀位点是钻头顶点。

数控车床、加工中心在加工过程中要自动换刀,在编程时应考虑选择合适的换刀点。对于手动换刀的数控铣床,也应确定相应的换刀位置。为防止换刀时碰伤零件、刀具或夹具,换刀点常常设置在被加工零件的轮廓之外,并留有一定的安全量。

2.2.4　刀具的选择

数控加工中的产品加工质量和劳动生产率在很大程度上受刀具的制约,合理选择刀具,是工艺处理中的一项重要内容。数控加工的刀具要求有较高的强度、刚度和精度以及良好的可靠性和耐用度,便于断屑和排屑。

应根据机床的加工能力、工件材料的性能、被加工表面的精度、表面质量要求、加工工序、切削用量以及其他相关因素正确地选用刀具及刀柄。刀具选择总的原则是:合理选用刀具的材料,尽量选用通用的标准刀具和不需重磨刀片的可转位机夹刀具,安装调整方便,刚性好,耐用度和精度高。在保证安全和满足加工要求的前提下,刀具长度应尽可能短,以提高刀具的刚性。

选取刀具时,要使刀具的尺寸与被加工工件的表面尺寸相适应。平面铣削应选用不重磨硬质合金端面铣刀或立铣刀。一般采用二次走刀,第一次走刀最好用端铣刀粗铣,沿工件表面连续走刀。选好每次走刀的宽度和铣刀的直径,使接痕不影响精铣精度。因此,加工余量大又不均匀时,铣刀直径要选小些。精加工时,铣刀直径要选大些,最好能够包容加工面的整个宽度。在生产中,平面的半精加工和精加工,一般用可转位密齿面铣刀,可以达到理想的表面加工质量,甚至可以实现以铣代磨。密布的刀齿使进给速度大大提高,从而提高切削效率。精切平面时,可以设置 2 到 4 个刀齿。

盘类工件周边轮廓的加工,常采用立铣刀。所用的立铣刀的刀具半径一定要小于零件内轮廓的最小曲率半径。一般取最小曲率半径的 0.8 到 0.9 倍即可。零件的加工高度(Z 方向的吃刀深度)最好不要超过刀具的半径。若是铣毛坯面时,最好选用硬质合金波纹立铣刀,它在机床、刀具、工件系统允许的情况下,可以进行强力切削。加工凸台、凹槽时,选普通硬质合金、超细晶粒硬质合金、涂层或高速钢铣刀;可转位螺旋立铣刀适用于高效率粗铣大型工件的台阶面、立面及大型槽的加工。如更换不同牌号的刀片,可加工钢、铸铁、铸钢、耐热钢等多种材料;对一些立体型面和变斜角轮廓外形的加工,常采用球头铣刀、环形铣刀、锥形铣刀和盘形铣刀。

加工中心上用的立铣刀一般有三种形式:球头刀($R = r$)、端铣刀($r = 0$)和 R 刀($r < R$)(有的称为"牛鼻刀"),其中 R 为刀具的半径,r 为刀角半径。刀具参数中还有刀杆长度 L 和刀刃长度 l。

进行自由曲面加工时,由于球头刀具的端部切削速度为零,而且在走刀时,每两行刀位之间,加工表面不可能重叠,总存在没有被加工去除的部分,每两行刀位之间的距离越大,没有被加工去除的部分就越多,其高度(通常称为"残留高度")就越高,加工出来的表面与理论表面的误差就越大,表面质量也就越差。加工精度要求越高,走刀步长和切削行距越小,编程效率越低。因此,为保证加工精度,切削行距一般取得很密,故球头刀常用于曲面的精加工。而平头刀具在表面加工质量和切削效率方面都优于球头刀,因此,在保证不过切的前提下,无论是曲面的粗加工还是精加工,都应优先选择平头刀或 R 刀(带圆角的立铣刀)。

钻孔时,要用中心钻打中心孔,用以引正钻头。先用较小的钻头钻孔至所需深度 Z,再用较大的钻头进行钻孔,最后用所需的钻头进行加工,以保证孔的精度。在进行较深的孔加工时,特别要注意钻头的冷却和排屑问题,一般利用深孔钻削循环指令 G83 进行编程,可以工进一段后,钻头快速退出工件进行排屑和冷却,再工进,再进行冷却和排屑直至孔深钻削完成。若工件为铸件,则不能使用冷却液。

刀具的耐用度和精度与刀具价格关系极大,必须引起注意的是,在大多数情况下,选择好的刀具虽然增加了刀具成本,但由此带来的加工质量和加工效率的提高,则可以使整个加工成本大大降低。

2.2.5 切削用量的选择

切削用量包括主轴转速(切削速度)、背吃刀量和进给量(或进给速度)。切削用量的合理选择将直接影响加工精度、表面质量、生产率和经济性。

编程人员在确定每道工序的切削用量时,应根据刀具供应商提供的切削参数和机床说明书中的规定合理地选择。也可以结合实际经验用类比法确定切削用量。合理选择切削用量的原则是:粗加工时,一般以提高生产率为主,但也要考虑经济性和生产成本。因此,在工艺系统刚度允许的情况下,充分利用机床功率,发挥刀具切削性能选用较大的背吃刀量 a_p 和进给量 f,而不宜选用较高的切削速度 v_c。半精加工和精加工时,应在保证加工精度和表面粗糙度的前提下,兼顾切削效率、经济性和生产成本,一般应选用较小的背吃刀量 a_p 和进给量 f,以及尽可能高的切削速度 v_c。

背吃刀量主要受机床、夹具、刀具和工件所组成的加工工艺系统的刚性的限制,在系统刚性允许的情况下,尽可能以最少的进给次数切净余量,最好使背吃刀量等于工序的加工余量,这样可以减少走刀次数,提高加工效率。对于表面粗糙度和精度要求较高的零件,要留有足够的精加工余量,数控加工的精加工余量可比通用机床加工的余量小一些,一般车削和镗削的精加工余量为 0.1~0.5mm,铣削的精加工余量为 0.2~0.8mm。

编程人员在确定切削用量时,要根据被加工工件材料、硬度、切削状态、背吃刀量、进给量、刀具耐用度,最后选择合适的切削速度。表 2.1 为车削加工时的选择切削条件的参考数据。

表 2.1　车削加工的切削速度(m/min)

被切削材料名称		轻切削 切深 0.5~10mm 进给量 0.05~0.3mm/r	一般切削 切深 1~4mm 进给量 0.2~0.5mm/r	重切削 切深 5~12mm 进给量 0.4~0.8mm/r
优质碳素结构钢	10#	100~250	150~250	80~220
	45#	60~230	70~220	80~180
合金钢	$\sigma_b \leqslant 750MPa$	100~220	100~230	70~220
	$\sigma_b > 750MPa$	70~220	80~220	80~200

2.3 数控加工技术文件的编写

编写数控加工专用技术文件是数控加工工艺设计的内容之一。这些技术文件既是数控加工和产品验收的依据,也是操作者必须遵守和执行的规程。技术文件是对数控加工的具体说明,目的是让操作者更加明确加工程序的内容、各个加工部位所选用的刀具及其他技术问题。目前,数控加工专用技术文件还没有做到标准化和规范化,各企业可根据自身特点制订出相应的工艺文件。下面介绍几种常用的数控加工专用技术文件,文件格式可根据企业实际情况自行设计。

2.3.1 数控编程任务书

数控编程任务书阐明了工艺人员对数控加工工序的技术要求和工序说明,以及数控加工前应保证的加工余量。它是编程人员和工艺人员协调工作和编制数控程序的重要依据之一,详见表 2.2。

表 2.2　数控编程任务书

数控编程任务书	产品零件图号		任务书编号	
	零件名称			
	使用数控设备		共　　页第　　页	
主要工序说明及技术要求:				
	编程收到日期	年　月　日	经手人	
编制	审核	编程	审核	批准

2.3.2 数控加工工序卡片

数控加工工序卡与普通加工工序卡有许多相似之处,所不同的是:数控加工一般采用工序集中,每一加工工序可划分为多个工步,工序卡不仅应包含每一工步的加工内容,还要包含简要的编程说明(如:所用机床型号、程序编号、刀具半径补偿、镜向对称加工方式等)及切削参数(即程序编入的主轴转速、进给速度、最大背吃刀量或宽度等)的选择,工序简图中应注明编程原点与对刀点。它不仅是编程人员编制程序时必须遵循的基本工艺文件,同时也是指导操作人员进行数控机床操作和加工的主要资料。表 2.3 是加工中心加工工序卡的一种格式。

表2.3 数控加工工序卡片

数控加工工序卡片		产品名称或代号		零件名称	零件图号
工序简图		车间		使用设备	
		工艺序号		程序编号	
		夹具名称		夹具编号	
工步号	工步作业内容	加工面	刀具号	刀补量	主轴转速	进给速度	背吃刀量	备注
编制		审核		批准		年　月　日	共　　页	第　页

2.3.3 数控刀具卡片

数控加工时,对刀具的要求十分严格,一般要在机外对刀仪上预先调整刀具直径和长度。刀具卡反映刀具的名称、编号、规格、长度和半径补偿值以及所用刀柄的型号等内容,它是调刀人员组装刀具和调整刀具、机床操作人员输入刀补参数的主要依据。表2.4是加工中心刀具卡的一种格式。

表2.4 数控刀具卡片

数控刀具卡片		零件图号		零件名称	
		程序编号		使用设备	
工步号	刀具号	刀柄型号	刀长及半径补偿量		备注
	T__		H__ = ____　　D__ = ____		
	T__		H__ = ____　　D__ = ____		
	T__		H__ = ____　　D__ = ____		
	T__		H__ = ____　　D__ = ____		
	T__		H__ = ____　　D__ = ____		
	T__		H__ = ____　　D__ = ____		
	T__		H__ = ____　　D__ = ____		
编制		审校		批准	共　页　　第　页

不同的机床或不同的加工目的可能会需要不同形式的数控加工专用技术文件。在工作中,可根据具体情况设计文件格式。

2.3.4　数控加工走刀路线图

在数控加工中,常常要注意并防止刀具在运动过程中与夹具或工件发生意外碰撞,为此必须设法告诉操作者关于编程中的刀具运动路线(如:从哪里下刀、在哪里抬刀、哪里是斜下刀等)。为简化走刀路线图,一般可采用统一约定的符号来表示。不同的机床可以采用不同的图例与格式,表 2.5 为一种常用格式。

表 2.5　数控加工走刀路线图

数控加工走刀路线图		零件图号	NC01	工序号		工步号		程序号	O100
机床型号	XK713	程序段号	N10 ~ N170	加工内容		铣轮廓周边		共 1 页	第　页

符号	⊙	⊗	◉	○—→	—→	⊢—↓	○—•—•	⇄
含义	抬刀	下刀	编程原点	起刀点	走刀方向	走刀线相交	铰孔	行切

（表中：编程、校对、审批）

思考与练习题

2.1　数控加工对刀具有什么要求?

2.2　简要说明切削用量三要素选择的原则。

2.3　什么叫对刀点? 确定对刀点时应考虑哪些因素?

2.4　指出立铣刀、球头铣刀和钻头的刀位点。

2.5　确定走刀路线时应考虑哪些问题?

2.6　在数控机床上加工时工件装夹应考虑哪些问题?

2.7　数控加工工艺文件有哪些? 它们都有什么作用?

2.8　在互联网上查询国内外著名数控刀具生产商和有关专业网站,了解最新数控刀具的产品及应用资料。

第 **3** 章
数控车床编程与操作

3.1 数控车床加工概述

3.1.1 数控车床的用途

数控车床是目前使用最广泛的数控机床之一。数控车床主要用于加工轴类、盘类等回转体零件。通过数控加工程序的运行,可自动完成内外圆柱面、圆锥面、成形表面、螺纹和端面等工序的切削加工,并能进行车槽、钻孔、扩孔、铰孔等工作。车削中心可在一次装夹中完成更多的加工工序,提高加工精度和生产效率,特别适合于复杂形状回转类零件的加工。

3.1.2 车床数控系统的功能

本章以 CKY400S 型数控车床为例进行介绍,该车床采用德国 SINUMERIK 802S 数控系统,该数控系统的指令如表 3.1 所示。

1)准备功能字

准备功能又称"G"功能或"G"代码,它是建立机床或控制数控系统工作方式的一种命令。准备功能字 G 代码、用来规定刀具和工件的相对运动轨迹(即指令插补功能)、机床坐标系、坐标平面、刀具补偿、坐标偏置等多种加工操作。

2)坐标功能字

坐标功能字(又称尺寸字)用来设定机床各坐标的位移量。它一般以 X,Y,Z,U,V,W,P,Q,R,A,B,C 等地址符为首,在地址符后紧跟" + "(正)或" – "(负)及一串数字,该数字一般以系统脉冲当量(指数控系统能实现的最小位移量,即数控装置每发出一个脉冲信号,机床工作台的移动量,一般为 0.0001 ~ 0.01mm)为单位。一个程序段中有多个尺寸字时,一般按上述地址符顺序排列。

表 3.1　指令表

代码	含 义	说 明
G00	快速移动	运动指令模态有效
G01	直线插补	
G02	顺时针圆弧插补	
G03	逆时针圆弧插补	
G05	中间点圆弧插补	
G33	恒螺距的螺纹切削	
G04	暂停时间	特殊运行程序段方式有效
G74	回参考点	
G75	回固定点	
G158	可编程的偏置	写存储器程序段方式有效
G25	主轴转速下限	
G26	主轴转速上限	
G17	（在加工中心孔时要求）	平面选择
G18	Z/X 平面	
G40	刀尖半径补偿方式的取消	刀尖半径补偿模态有效
G41	调用刀尖半径补偿，刀具在轮廓左侧移动	
G42	调用刀尖半径补偿，刀具在轮廓右侧移动	
G500	取消可设定零点偏置	可设定零点偏置模态有效
G54	第一可设定零点偏置	
G55	第二可设定零点偏置	
G56	第三可设定零点偏置	
G57	第四可设定零点偏置	
G53	按程序段方式取消可设定零点偏置	取消可设定零点偏置段方式有效
G60	准确定位	定位性能模态有效
G64	连续路径方式	
G9	准确定位，单程序段有效	程序段方式准停段方式有效

续表

代码	含义	说明
G70	英制尺寸	英制/公制尺寸 模态有效
G71	公制尺寸	
G90	绝对尺寸	绝对尺寸/增量尺寸 模态有效
G91	增量尺寸	
G94	进给率F,单位毫米/分	进给/主轴 模态有效
G95	恒定切削速度(F单位毫米/转,S单位为/分钟)	
G96	恒定切削速度(F单位毫米/转,S单位为/分钟)	
G97	删除恒定切削速度	
G450	圆弧过渡	刀尖半径补偿时拐角特性 模态有效
G451	等距线的交点,刀具在工件转角处不切削	
G22	半径尺寸	数据尺寸:半径/直径 模态有效
G23	直径尺寸	
M0	程序停止	用M0停止程序的执行;按"启动"键加工继续执行。
M1	程序有条件停止	与M0一样,但仅在"条件停(M1)有效"功能被软键或接口信号触发后才生效。
M2	程序结束	在程序的最后一段被写入
M30	程序结束	
M17	主轴顺时针旋转	
M3	主轴逆时针旋转	
M5	主轴停	
M6	更换刀具	在机床数据有效时用M6更换刀具,其他情况下直接用T指令进行。
M40	自动变换齿轮级	
M41 到 M45	齿轮级1到齿轮级5	

3)进给功能字

该功能字用来指定刀具相对工件运动的速度。其单位一般为 mm/min。当进给速度与主轴转速有关时,如车螺纹、攻丝等,使用的单位为 mm/r。进给功能字以地址符"F"为首,其后跟一串数字代码。

4）主轴功能字

该功能字用来指定主轴速度,单位为 r/min,它以地址符"S"为首,后跟一串数字。

5）刀具功能字

当系统具有换刀功能时,刀具功能字用以选择替换的刀具。它以地址符"T"为首,其后一般跟二位数字,代表刀具的编号。

以上 F 功能、T 功能、S 功能均为模态代码。

6）辅助功能字

辅助功能字 M 代码主要用于数控机床的开关量控制,如主轴的正、反转,切削液开、关,工件的夹紧、松开,程序结束等。

①M00 程序停止。执行 M00 后,机床所有动作均被切断以便进行手动操作。重新按"启动"按钮后,继续执行后面的程序段。

②M01 选择停止。与执行 M00 相同,不同的是只有按下机床控制面板上"任选停止"开关时,该指令才有效,否则机床继续执行后面的程序。该指令常用于抽查工件的关键尺寸。

③M02 程序结束。执行该指令后,表示程序内所有指令均以完成,因而切断机床所有动作,机床复位,但程序结束后,不返回到程序开头的位置。

④M30 程序结束。执行法指令后,除完成 M02 的内容外,还自动返回到程序开头的位置,为加工下一个工件做好准备。

3.1.3 数控车床的编程特点

数控车床的编程有如下特点:

1）在一个程序段中,根据图样上标注的尺寸,可以采用绝对值编程、增量值编程或二者混合编程。

2）由于被加工零件的径向尺寸在图样上和测量时都是以直径表示,所以用绝对值编程时,X 用直径值表示;用增量值编程时,以径向实际位移量的二倍值表示,并附上方向符号。

3）为提高工件的径向尺寸精度,X 向的脉冲当量取 Z 向的一半。

4）由于车削加工常用棒料或锻料作为毛坯,加工余量较大,所以为简化编程,数控装置常配备一定形式的固定循环,可进行多次重复循环切削。

5）编程时,常认为车刀刀尖是一个点,而实际上为了提高刀具寿命和工件表面质量,车刀刀尖常磨成一个半径不大的圆弧,因此为提高加工精度,当编制圆头刀程序时,要对刀具半径进行补偿。数控车床一般都具有刀具半径自动补偿功能(G41,G42),这时可直接按工件轮廓尺寸编程。对不具备刀具半径自动补偿功能的数控车床,编程时需先计算补偿量。

3.2 数控车床的基本编程方法

3.2.1 坐标系的设定

数控车床机床坐标系的原点位于卡盘端面和主轴中心线的交点,若以机床坐标系为编程坐标系,则会给编程带来许多不便,所以在零件图样给出以后,应找出图样上的设计基准点,并以此点为基准设定工件坐标系,以达到简化编程的目的。通常工件坐标系原点选择在工件右端面,工件坐标系的 Z 轴与主轴中心线重合,如图 3.1 所示。

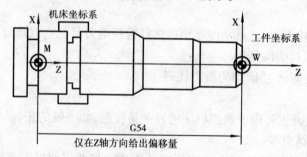

图 3.1　G54 指令设定工件坐标系

设定工件坐标系的方法之一,是应用可设定零点偏置 G54 指令给出工件零点在机床坐标系中的位置。当工件被装夹到机床后,通过试切右端面可得出偏移量,然后通过操作面板将偏移量输入到规定的数据区,由加工程序中的 G54 指令来激活此偏移量,从而完成工件坐标系的设定。由于 G54 是续效指令,工件坐标系一旦设定,加工程序中所有 X 和 Z 的值均以其为基准,并一直有效(称模态有效),直到加工程序中出现 G500 或 G53 指令才恢复机床坐标系。G53 不是续效指令,所以当含有 G53 指令的程序运行结束后,下一程序段 G54 依然有效。

在工件坐标系建立过程中,应用到的 G 指令有:

G54~G57:第一至第四可设定零点偏置;

G500:取消可设定零点偏置;

G53:取消可设定零点偏置(程序段方式有效);

上述 G 指令除 G53 以外,均为续效指令。

用 G54 和 G500 指令编程实例。程序如下:

N10 G54 G23 G94 G90 G00 X60 Z0 S500 M03 　　　;调用第一可设定零点偏置

N20 G01 X0 F100 　　　;加工工件

N30 G00 X50 Z2

N40 G01 Z – 100

N50 G91 X10

N60 G90 G500 G00 X100 Z300 　　　;取消可设定零点偏置

N70 M2 　　　;程序结束

设定工件坐标系的方法之二,是应用可编程的零点偏置 G158 指令。用 G158 指令进行工件坐标系设定时,后面的 G158 指令的可编程零点偏移量将取代前面 G158 指令的可编程零点偏移量。若在程序段中 G158 指令后不跟坐标轴名称,则表示已恢复机床坐标系。

用 G158 指令编程实例。程序如下:

N10 G90 G23 G94 S500 M3

N20 G158 Z130.05 　　　;调用可编程零点偏置

N30 G00 X50 Z2

N40 G01 Z – 100 F100 　　　;加工工件

N50 G91 X10

N60 G158   ;取消可编程零点偏置

N70 G90 G00 X100 Z300

N80 M02   ;程序结束

3.2.2 基本移动指令

(1)快速线性移动(G00 或 G0)

1)功能

快速移动 G0 用于快速定位刀具,没有对工件进行加工。可以在几个轴上同时执行快速移动,由此产生线性轨迹,如图 3.2 所示。

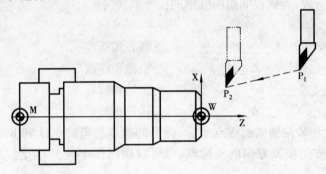

图 3.2 G0 快速定位

机床参数中规定每个坐标轴快速移动速度的最大值,一个坐标轴运行时就以此速度快速移动。如果快速移动同时在两个轴上执行,则移动速度为两个轴可能的最大速度。用 G0 快速移动时,在地址 F 下的进给率无效。

G0 一直有效,直到被同组的其他的指令取代为止。

2)指令格式

G00 X ____ Z ____

3)编程举例

N10 G0 X100 Z150

(2)直线插补指令(G01 或 G1)

1)功能

刀具以直线从起始点移动到目标位置,按地址 F 下设置的进给速度运行,如图 3.3 所示。所有的坐标轴可以同时运行。G1 一直有效,直到被同组的其他的指令取代为止。

2)指令格式

G01 X ____ Z ____ F ____

3)编程举例

N10 G1 G90 X20 Z-40 F100

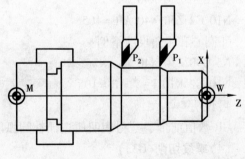

图 3.3 G1 直线插补

(3)圆弧插补(G02/G03)

1)功能

刀具以圆弧轨迹从起始点移动到终点,如图 3.4 所示。方向由 G 指令确定:

G2　顺时针方向

G3　逆时针方向

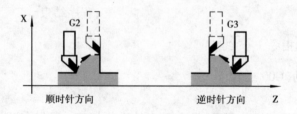

图 3.4　G2 和 G3 圆弧插补

G2 和 G3 一直有效,直到被同组的其他的指令取代为止。

2)指令格式

G2/G3 X ＿＿＿ Z ＿＿＿ I ＿＿＿ K ＿＿＿　　　　;圆心和终点

G2/G3 CR = ＿＿＿ X ＿＿＿ Z ＿＿＿　　　　;半径和终点

G2/G3 AR = ＿＿＿ I ＿＿＿ K ＿＿＿　　　　;张角和圆心

G2/G3 AR = ＿＿＿ X ＿＿＿ Z ＿＿＿　　　　;张角和终点

上述指令中,X 和 Z 是圆弧的终点坐标,圆弧的起点是当前点;I 和 K 分别是圆心坐标相对于起点坐标在 X 方向和 Z 方向的坐标差,也可以用圆弧半径 R 确定。R 值通常是指小于180°的圆弧半径。

3)编程举例

①圆心坐标和终点坐标举例:

N5 G90 Z30 X40　　　　　　　　　　　　;用于 N10 的圆弧起始点

N10 G2 Z50 X40 K10 I – 7　　　　　　　　;终点和圆心

②终点和半径尺寸举例:

N5 G90 Z30 X40　　　　　　　　　　　　;用于 N10 的圆弧起始点

N10 G2 Z50 X40 CR = 12. 207　　　　　　　;终点和半径

③终点和张角尺寸举例:

N5 G90 Z30 X40　　　　　　　　　　　　;用于 N10 的圆弧起始点

N10 G2 Z50 X40 AR = 105　　　　　　　　;终点和张角

④圆心和张角尺寸举例:

N5 G90 Z30 X40　　　　　　　　　　　　;用于 N10 的圆弧起始点

N10 G2 K10 I – 7 AR = 105　　　　　　　　;圆心和张角

4)说明

CR 数值前带“ – ”号表明所选插补圆弧段大于半圆。

(4)螺纹切削(G33)

1)功能

用 G33 功能可以加工下述各种类型的恒螺距螺纹:圆柱螺纹、圆锥螺纹、外螺纹/内螺纹、单螺纹和多重螺纹、多段连续螺纹。

前提条件:主轴上有角度位移测量系统(内置编码器)。

G33 一直有效,直到被 G 功能组中其他的指令(G0,G1,G2,G3,…)取代为止。

2）指令格式

G33　X ＿＿＿＿　Z ＿＿＿＿　K ＿＿＿＿　SF ＝ ＿＿＿＿

3）说明

①右旋螺纹或左旋螺纹

右旋和左旋螺纹由主轴旋转方向 M3 和 M4 确定。

②起始点偏移 SF ＝ ＿＿＿＿

在加工螺纹中切削位置偏移以后以及在加工多头螺纹时均要求起始点偏移一位置。G33 螺纹加工中，在地址 SF 下设置起始点偏移量（绝对位置）。如果没有设置起始点偏移量，则设定数据中的值有效。

注意：设置的 SF 值也始终登记到设定数据中。

③K 表示螺纹螺距　单位：mm/r。

④螺纹长度中要考虑导入空刀量和退出空刀量。

4）编程举例

圆柱双头螺纹，起始点偏移 180 度，螺纹长度（包括导入空刀量和退出空刀量）100mm，螺距 4mm/r。右旋螺纹，圆柱已经预制：

N10 G54 G0 G90 X50 Z0 S500 M3	;回起始点，主轴正转
N20 G33 Z－100 K4 SF＝0	;螺距：4mm/r
N30 G0 X54	
N40 Z0	
N50 X50	
N60 G33 Z－100 K4 SF＝180	;第二条螺纹线，180 度偏移
N70 G0 X54	
…	

3.2.3　倒角、倒圆编程

在一个轮廓拐角处可以插入倒角或倒圆，指令 CHF ＝ ＿＿＿＿ 或 RND ＝ ＿＿＿＿。

1）指令格式

G90 或 G91 X ＿＿＿＿　Y ＿＿＿＿　CHF ＝ ＿＿＿＿

G90 或 G91 X ＿＿＿＿　Y ＿＿＿＿　RND ＝ ＿＿＿＿

2）说明

其中，X，Y 后跟为倒角或倒圆两边直线交点坐标，CHF ＝（倒角边长），RND ＝（倒圆半径）。

3）编程举例

X50 Y0 CHF＝2	;倒角两边交点为（50，0）倒角长度为 2
X50 Y0 RND＝2	;圆角两边直线交点（50，0）圆角半径为 2

3.2.4　子程序

在程序中，若某一固定的加工操作重复出现时，可把这部分操作编成子程序，事先存入到存储器中，然后根据需要调用，这样可使程序变得非常简单。两次子程序调用，如图 3.5 所示。

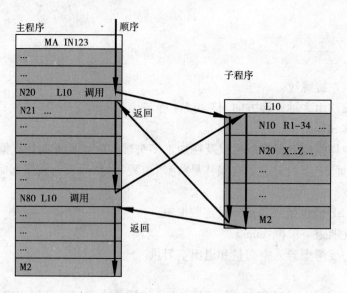

图 3.5　两次调用子程序

（1）**功能**

原则上讲主程序和子程序之间并没有区别。用子程序编写经常重复进行的加工,比如某一确定的轮廓形状。

（2）**结构**

子程序的结构与主程序的结构一样,在子程序中也是在最后一个程序段中用 M2 结束程序运行。子程序结束后返回主程序。

（3）**程序结束**

除了用 M2 指令外,还可以用 RET 指令结束子程序。RET 要求占用一个独立的程序段。用 RET 指令结束子程序、返回主程序时不会中断 G64 连续路径运行方式。用 M2 指令则会中断 G64 运行方式,并进入停止状态。

（4）**子程序名**

为了方便地选择某一子程序,必须给子程序取一个程序名。程序名可以自由选取,但必须符合以下规定:

1）开始两个符号必须是字母;

2）其他符号为字母,数字或下划线;

3）最多 8 个字符;

4）没有分隔符。

其方法与主程序中程序名的选取方法一样,例如:LRAHMEN7。另外,在子程序中还可以使用地址字 L…,其后的值可以有 7 位（只能为整数）。

注意:地址字 L 之后的每个零均有意义,不可省略。如:L128 并非 L0128 或 L00128,以上表示 3 个不同的子程序。

（5）**子程序调用**

在一个程序中（主程序或子程序）可以直接用程序名调用子程序,子程序调用要求占用一个独立的程序段。例如:

N10 L785　　　　　　　　　　　　　　　;调用子程序 L785

N20 LRAHMEN7   ;调用子程序 LRAHMEN7

（6）程序重复调用次数 P…

如果要求多次连续地执行某一子程序,则在设置时必须在所调用子程序的程序名后地址 P 下写入调用次数,最大次数可以为 9999（P1,…,P9999）。举例如下:

N10 L785 P3   ;调用子程序 L785,运行 3 次

（7）**嵌套深度**

子程序不仅可以从主程序中调用,也可以从其他子程序中调用,这个过程称为子程序的嵌套。子程序的嵌套深度可以为三层,也就是四级程序界面（包括主程序界面）。

注意:在使用加工循环进行加工时,要注意加工循环程序也同样属于四级程序界面中的一级,如图 3.6 所示。

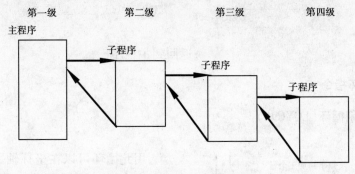

图 3.6　四级程序界面运行过程

（8）**说明**

在子程序中可以改变模态有效的 G 功能,比如 G90 到 G91 的变换。在返回调用程序时请注意检查一下所有模态有效的功能指令,并按照要求进行调整。

对于 R 参数也需同样注意,不要无意识地用上级程序界面中所使用的计算参数来修改下级程序界面的计算参数。

省略循环次数时,默认循环次数为一次。

（9）**编程举例**

主程序名称:LF10. MPF

G54 T1 D0 G90 G00 X60 Z10   ;工件坐标系,刀具补偿

S800 M03   ;主轴正转

G01 X70 Z8 F0. 1   ;主程序路径

X – 2

G0 X70

L10 P3   ;调用子程序 L10. SPF 三次

G0Z50

M05

M02

子程序名称:L10. SPF

M03S600   ;子程序路径

G01 G91 X – 25 F0. 1

X6 Z – 3

Z – 23.5

X15 Z – 20.5

G02 X0 Z – 71.62 CR = 55

G03 X0 Z – 51.59 CR = 44

G01 Z – 6.37

X14

X6 Z – 3

Z – 12

X10

X – 32 Z194

G90

M02　　　　　　　　　　　　　　;返回到主程序

3.2.5　循环指令

(1)毛坯切削循环(LCYC95)

1)功能

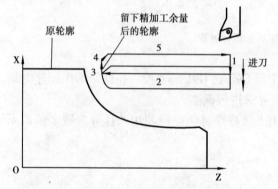

图 3.7　毛坯切削循环的加工过程
1—进刀;2—粗切削;
3—剩余角切削;4—退刀;5—返回

用此循环可以在坐标轴平行方向加工由子程序设置的轮廓,既可以进行纵向和横向加工,也可以进行内外轮廓的加工。

可以选择不同的切削工艺方式:粗加工、精加工或者综合加工。只要刀具不会发生碰撞就可以在任意位置调用此循环。调用循环之前,必须在所调用的程序中已经激活刀具补偿参数。

毛坯切削循环的加工过程如图 3.7 所示。

2)参数说明

毛坯切削循环中所涉及的参数,如表 3.2 所示。

表 3.2　LCYC95 毛坯切削循环参数

参数	含义,数值范围
R105	加工类型:数值 1,…,12
R106	精加工余量,无符号
R108	切入深度,无符号
R109	粗加工切入角
R110	粗加工时的退刀量
R111	粗切进给率
R112	精切进给率

R105 加工方式参数,用参数 R105 确定以下加工方式,如表 3.3 所示。

在纵向加工时进刀总是在横向坐标轴方向进行,在横向加工时进刀则在纵向坐标轴方向进行。

表 3.3　R105 毛坯切削循环加工方式参数

数值	纵向/横向	外部/内部	粗加工/精加工/综合加工
1	纵向	外部	粗加工
2	横向	外部	粗加工
3	纵向	内部	粗加工
4	横向	内部	粗加工
5	纵向	外部	精加工
6	横向	外部	精加工
7	纵向	内部	精加工
8	横向	内部	精加工
9	纵向	外部	综合加工
10	横向	外部	综合加工
11	纵向	内部	综合加工
12	横向	内部	综合加工

R106 精加工余量参数,在精加工余量之前的加工均为粗加工。如果没有设置精加工余量,则一直进行粗加工,直至最终轮廓。

R108 切入深度参数,设定粗加工最大进刀深度,但当前粗加工中所用的进刀深度则由循环自动计算出来。

R109 粗加工切入角。

R110 粗加工时退刀量参数,坐标轴平行方向的每次粗加工之后均须从轮廓退刀,然后用 G0 返回到起始点。由参数 R110 确定退刀量的大小。

R111 粗加工进给率参数,加工方式为精加工时该参数无效。

R112 精加工进给率参数,加工方式为粗加工时该参数无效。

为实现毛坯切削循环,需在一个子程序中编制待加工的工件轮廓的程序,循环通过变量_CNAME名下的子程序名调用该子程序。轮廓由直线或圆弧组成,并可以插入圆角和倒角。设置的圆弧段最大可以为四分之一圆。轮廓的编程方向必须与精加工时所选择的加工方向相一致,加工轮廓不能有凹处,否则系统会报警。循环自动地计算加工起始点,加工结束后回换刀点的程序段应编制在主程序中。

3)编程举例

用循环指令加工一轴类零件,尺寸如图 3.8 所示。

主程序:LC95. MPF

G54 G95 S500 M3 F0. 4 T01D01　　　　　　　　　　;工件基本设定

Z200 X120 M8

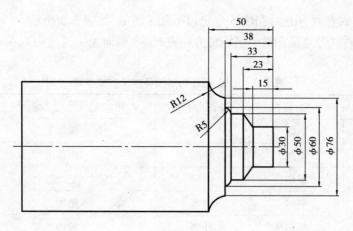

图 3.8 轴类零件

_CNAME = " L01"

R105 = 1 R106 = 1. 2 R108 = 5 R109 = 7　　　　　;定义毛坯切削循环参数

R110 = 1. 5 R111 = 0. 4 R112 = 0. 25

LCYC95　　　　　　　　　　　　　　　　;调用毛坯切削循环

T02D01　　　　　　　　　　　　　　　　;换刀

R105 = 5 R106 = 0　　　　　　　　　　　;定义毛坯切削循环参数

LCYC95　　　　　　　　　　　　　　　　;调用毛坯切削循环

G0 G90 X120

Z225 M9

M2

子程序:L01. SPF:

G01 Z200 X30

Z185

X50 Z177

Z167

G3 Z162 X60 CR = 5

G01 Z162 X76

G2 Z150 X100 CR = 12

G1 Z135

RET　　　　　　　　　　　　　　　　　;回到主程序

（2）**螺纹切削循环**（LCYC97）

1）功能

用螺纹切削循环可以按纵向或横向加工形状为圆柱体或圆锥体的外螺纹或内螺纹,并且既能加工单头螺纹也能加工多头螺纹。切削进刀深度可设定。

左旋螺纹/右旋螺纹由主轴的旋转方向确定,它必须在调用循环之前的程序中输入。在螺纹加工期间,进给调整和主轴调整开关均无效。

2）参数说明

40

螺纹切削循环 LCYC97 指令的参数如图 3.9 所示。其循环参数的含义见表 3.4。

表 3.4　LCYC97 螺纹切削循环参数

参数	含义,数值范围
R100	螺纹起始点直径
R101	纵向轴螺纹起始点
R102	螺纹终点直径
R103	纵向轴螺纹终点
R104	螺纹导程值,无符号
R105	加工类型数值:1,2
R106	精加工余量,无符号
R109	空刀导入量,无符号
R110	空刀退出量,无符号
R111	螺纹深度,无符号
R112	起始点偏移,无符号
R113	粗切削次数
R114	螺纹头数

R100,R101 螺纹起始点直径参数,纵向轴螺纹起始点参数。这两个参数分别用于确定螺纹在 X 轴和 Z 轴方向上的起始点。

R102,R103 螺纹终点直径参数,向轴螺纹终点参数。参数 R102 和 R103 确定螺纹终点。若是圆柱螺纹,则其中必有一个数值等同于 R100 或 R101。

R104 螺纹导程值参数。螺纹导程值为坐标轴平行方向的数值,不含符号。

R105 加工方式参数:R105 = 1 表示外螺纹,R105 = 2 表示内螺纹。

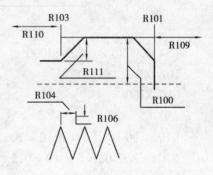

图 3.9　螺纹切削循环参数示意图

R106 精加工余量参数。螺纹深度减去参数 R106 设定的精加工余量后剩下的尺寸划分为几次粗切削进给。精加工余量是指粗加工之后的切削进给量。

R109,R110 空刀导入量参数,空刀退出量参数。参数 R109 和 R110 用于循环内部计算空刀导入量和空刀退出量,循环中设置起始点提前一个空刀导入量,设置终点延长一个空刀退出量。

R111 螺纹深度参数。

R112 起始点角度偏移参数。由该角度确定车削件圆周上第一螺纹线的切削切入点位置,也就是说确定真正的加工起始点,范围 0.0001 ～ +359.999°。如果没有说明起始点的偏移量,则第一条螺纹线自动地从 0 度位置开始加工。

R113 粗切削次数参数。循环根据参数 R105 和 R111 自动地计算出每次切削的进刀深度。

R114 螺纹头数参数。确定螺纹头数,螺纹头数应该对称地分布在车削件的圆周上。

3)时序过程

调用循环之前所到达的位置:

任意位置,但须保证刀具可以没有碰撞地回到所设置的螺纹起始点 + 导入空刀量。

该循环有如下的时序过程:

用 G0 回第一条螺纹线空刀导入量的起始处,按照参数 R105 确定的加工方式进行粗加工进刀,根据设置的粗切削次数重复螺纹切削。

用 G33 切削精加工余量,对于其他的螺纹线重复整个过程。

4)编程举例

加工一带有螺纹的轴类零件,如图 3.10 所示。

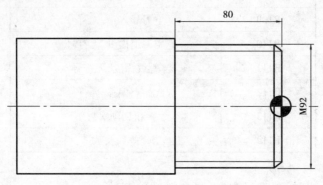

图 3.10　带有螺纹的轴类零件

```
G54 G00 X0 Z0 M03 S1000                    ;工件基本参数设定
T01 D01                                    ;1 号刀补
G00 X100
Z50
R100 = 96 R101 = 0 R102 = 100 R103 = -100  ;定义螺纹切削参数
R104 = 2 R105 = 1 R106 = 0.5
R109 = 15 R110 = 35 R111 = 15
R112 = 0 R113 = 7 R114 = 1
LCYC97                                     ;调用螺纹切削
M05
M2
```

3.2.6　参考点

参考点是机床上某一特定的位置,一般位于机床移动部件(刀架、工作台)沿其坐标正向移动的极限位置。该点在机床出厂时调好,一般不允许随意变动。

(1)返回固定点(G75)

1)功能

用 G75 可以返回到机床中某个固定点,比如换刀点。固定点位置固定地存储在机床数据中,它不会产生偏移。每个轴的返回速度就是其快速移动速度。

G75 需要一独立程序段,并按程序段方式有效。在 G75 之后的程序段中原先"插补方式"组中的 G 指令(G0,G1,G2,…)将再次生效。

2)指令格式

G75 X ____ Z ____

3)编程举例

N10 G75 X0 Z0

程序段中 X 和 Z 下设置的数值(这里为 0)不识别。

(2)回参考点(G74)

1)功能

用 G74 指令实现 NC 程序中回参考点功能,每个轴的方向和速度存储在机床数据中。

G74 需要一独立程序段,并按程序段方式有效。在 G74 之后的程序段中原先"插补方式"组中的 G 指令(G0,G1,G2,…)将再次生效。

2)指令格式

G74 X ____ Z ____

3)编程举例

N10 G74 X0 Z0

程序段中 X 和 Z 下设置的数值(这里为 0)不识别。

3.2.7　程序延时(G04)

(1)功能

通过在两个程序段之间插入一个 G4 程序段,可以使加工中断给定的时间。G4 程序段(含地址 F 或 S)只对自身程序段有效,并暂停所给定的时间。在此之前编程的进给量 F 和主轴转速 S 保持存储状态。该指令可使刀具作短时间的无进给光整加工,常用于车槽、镗平面等场合,以提高光洁度。

(2)指令格式

G4 F ____暂停时间(s)

G4 S ____暂停主轴转数

(3)编程举例

N5 G1 F200 Z-50 S300 M3	;进给率 F,主轴转数 S
N10 G4 F2.5	;暂停 2.5s
N20 Z70	
N30 G4 S30	;主轴暂停 30 转,相当于在 S = 300r/min 和转速修调 100% 时暂停 t = 0.1min
N40 X…	;进给率和主轴转速继续有效

注意:G4 S ____;只有在受控主轴情况下才有效(当转速给定值同样通过 S ____编程时)。

3.3　数控车床的基本操作

3.3.1　机床操作面板

SIEMENS 802S/C 机床操作面板如图 3.11 所示,主要用于控制机床运行状态,由模式选择按钮、程序运行控制开关等多个部分组成,每一部分的详细说明见表 3.5。

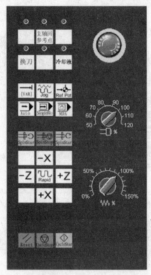

图 3.11　802S/C 车床操作面板

表 3.5　机床操作面板功能键

功能键	名　称	功能键	名　称
MDA	手动数据键	SpinStop	主轴停止
Auto	自动加工键	Reset	复位键
Jog	点动键	CycleStart	循环启动
Ref Pot	参考点键	CycleStop	循环停止
[VAR]	增量选择键	Rapid	快速移动

续表

功能键	名　称	功能键	名　称
	单段加工键		主轴正转
	方向键		主轴反转
	紧急停止旋钮		主轴速度调节旋钮
	进给速度(F)调节旋钮		

3.3.2　数控系统操作面板

802S/C CNC 控制面板如图 3.12 所示,其面板上各个功能键名称见表 3.6。

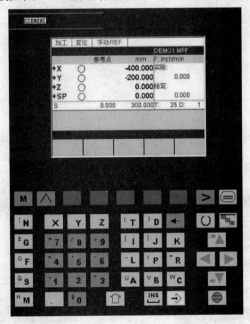

图 3.12　802S/C CNC 控制面板

表 3.6　CNC 控制面板功能键

功能键	名　称	功能键	名　称
■	软菜单键	M	加工显示
∧	返回键	＞	菜单扩展键
⊜	区域转换键	←	删除键（退格键）
◄	光标向左键	►	光标向右键
▲	光标向上键　上档:向上翻页键	▼	光标向下键　上档:向下翻页键
▤	垂直菜单键	⊜	报警应答键
○	选择/转换键	→	回车/输入键
⇧	上档键	INS	空格键（插入键）
ᵁA	字母键 上档键	＄0	数字键 上档键
Z	转换对应字符	﹢9	转换对应字符

3.3.3　开机及回参考点

（1）开机

操作步骤:

接通机床电源,系统启动以后进入"加工"操作区"JOG"模式,如图 3.13 所示,出现"回参考点窗口"。

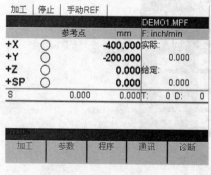

图 3.13　开机面板状态

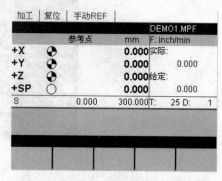

图 3.14　回参考点状态

（2）回参考点操作

操作步骤：

"回参考点"只有在"JOG"模式下可以进行。

1）按 [Ref Pot] 键，按顺序按 [+Z] [+X]，即可自动回参考点。

2）如图 3.14 所示，在"回参考点"窗口中显示该坐标轴是否回参考点：

◯坐标未回参考点

◕坐标已到达参考点

3.3.4　机床手动操作

（1）"JOG"模式

功能：在"JOG"模式中，可以移动两轴。

操作步骤：

1）选择 [Jog]"JOG"模式，按方向键 [-X] [-Z] [+X] [+Z] 可以移动两轴。这时，移动速度由进给旋钮控制。

2）如果用按 [Rapid] 键，则两轴快速移动，再点击一次取消快速移动。

3）连续按 [VAR] 键，如图 3.15 所示，在显示屏幕左上方显示增量的距离：1INC,10INC,100INC 1000INC,（1INC＝0.001mm），两轴以增量形式移动。

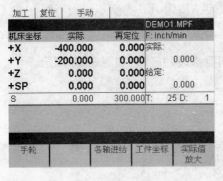

图 3.15　"JOG"状态图

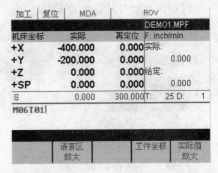

图 3.16　"MDA"状态图

（2）"MDA"模式

功能：在"MDA"模式下可以编制一段程序加以执行，如图 3.16 所示，但不能加工由多个程序段描述的轮廓。

操作步骤：

1）选择机床操作面板上的 [MDA] 键。

2）通过操作面板输入程序段。

3）按启动键 [CycleStart] 执行输入的程序段。

3.3.5 对刀及刀具补偿

（1）建立新刀具

操作步骤：

1）按 参数 → 刀具补偿 → > 新刀具 键，建立一个新刀具。

出现输入窗口，显示所有给定的刀具号，如图3.17所示。

2）'1 ~ +9 输入新的 T-号（1-32000）。

3）按 确定 键，生成新的刀具号，并显示补偿参数窗口。

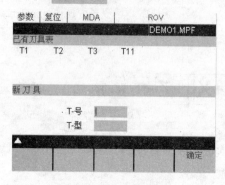

图3.17 新刀具窗口

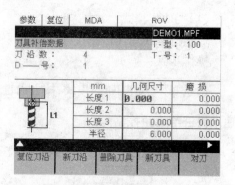

图3.18 刀具补偿参数窗口

（2）刀具补偿参数

刀具补偿分为刀具长度补偿和刀具半径补偿，参数表结构因刀具类型不同而不同。

操作步骤：

1）用光标键 ▲ ◀ ▼ ▶ 移动光标到要修改的区域，如图3.18所示。

2）'1 ~ +9 输入数值。

3）按输入键 确定 确认。

（3）确定刀具补偿值

前提：只有在"JOG"模式下可以进行。

操作步骤：

按 参数 → 刀具补偿 → > 对刀 ，按 轴+ 选择 Z 轴，如下图3.19 所示。

可选择工件零点偏置（G54-G57）。没有设置工件零点偏置时，输入 G500，并输入偏移值。

按"计算"键，刀具补偿被存储。

（4）输入/修改零点偏置值

功能：首先根据工件图纸确定程式原点，编辑程序，在手动模式下，用芯棒测量工件的原点，把工件原点的机床坐标值输入到选择的工件坐标系 G54 ~ G59。

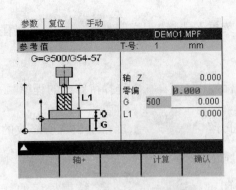

图 3.19　刀具补偿选轴窗口

图 3.20　零点偏置窗口

操作步骤：

1）通过操作软键"参数" 参数 和"零点偏移" 零点偏移 可以选择零点偏置。屏幕上显示可设定零点偏置的情况，如图 3.20 所示。

2）用光标键 ▲ ◀ ▼ ▶ 把光标移到待修改的范围，输入数值。

3）按"向下翻页"键 ▼ ，屏幕上显示下一页零点偏置窗：G56 和 G57。

4）按返回键 ∧ 不确认零点偏置值，直接返回上一级菜单。

3.3.6　程序输入与调试

（1）输入新程序

功能：编制新的零件程序文件，输入零件名称和类型，如图 3.21 所示。

操作步骤：

1）按 程序 键，显示 NC 中已经存在的程序目录。

2）按 ＞ → 新程序 键，出现一对话窗口，在此输入新的程序名称，在名称后输入扩展名（.mpf 或 .spf），默认为 ＊.mpf 文件。注意：程序名称前两位必须为字母。

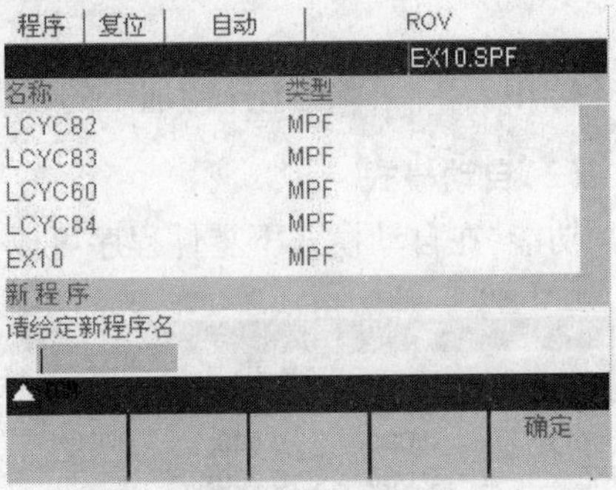

3）按 确定 键确认输入，生成新程序，现在可以对新程序进行编辑。

图 3.21　创建新程序窗口

4）用关闭键 ＞ → 关闭 结束程序的编制，这样才能返回到程序目录管理层。

（2）零件程序的修改

功能：零件程序不处于执行状态时，可以进行编辑，如图 3.22 所示。

操作步骤：

49

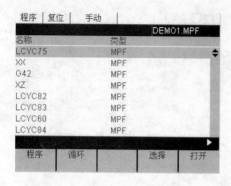

图 3.22　"编辑窗口"

1）在主菜单下选择"程序"键 程序 ，出现程序目录窗口。

2）用光标键 ▲ ▼ 选择待修改的程序。

3）按"打开"键 打开 ，屏幕上出现所修改的程序，现在可修改程序。

4）用关闭键 ＞ → 关闭 结束程序的修改，这样才能返回到程序目录管理层。

3.3.7　程序运行

（1）选择和启动零件程序

注意：启动程序之前必须要调整好系统和机床，保证安全。

操作步骤：

1）按 Auto 键选自动模式。

2）按程序键 程序 打开"程序目录窗口"，如图 3.23 所示。

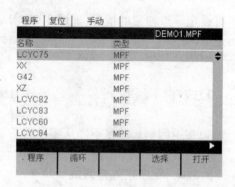

图 3.23　程序目录窗口

3）在第一次选择"程序"操作区时会自动显示"零件程序和子程序目录"。用光标键 ▲ ▼ 把光标定位到所选的程序上。

4）用 选择 键选择待加工的程序，被选择的程序名称显示在屏幕区"程序名"下。

（2）自动模式

功能：在自动模式下零件程序可以自动加工工件，如图 3.24 所示。

加工	复位	自动	ROV	
				LCYC75.MPF
机床坐标	实际	再定位	F: inch/min	
+X	0.000	0.000	实际：	
+Y	0.000	0.000		0.000
+Z	0.000	0.000	给定：	
+SP	0.000	0.000		0.000
S	0.000	300.000	T:	25 D:　　1

程序控制	语言区放大	搜索	工件坐标	实际值放大

图 3.24　"自动方式"状态图

操作步骤：

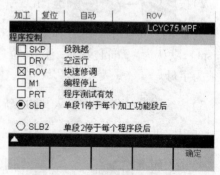

图 3.25　加工模式选择窗口

1)选自动模式,按 [Auto] 键。

2)按程序控制键 [程序控制] ,出现图 3.25 所示。

3)通过选择/转换键 [○] ,选择控制程序的方式。

4)按区域转换键 [≡] ,回主菜单。

5)按程序键 [程序] ,用光标键 [▲] [▼] 选择要加工的程序。

6)按选择键 [选择] ,调出加工的程序,按打开键 [打开] 可编辑修改程序。

7)按单步执行键 [SingleBlo] ,选择单步执行加工。

8)按 [CycleStar] 键,启动加工程序。

3.3.8 参数设定

(1)设定参数
功能:利用数据可以设定运行状态,并在需要时进行修改。

操作步骤:

1)通过按"参数"键 [参数] 和"设定数据"键 [设定数据] 选择设定数据。在按下"设定数据"键后进入下一级菜单,如图 3.26 所示,在此菜单中可以对系统的各个选件进行修改。

2)用光标键 [▲] [▼] 把光标移到所要求的范围。

3)用数字键 ['1] ~ [+9] ,在光标处输入新的值。

4)按输入键 [→] 或者光标键。

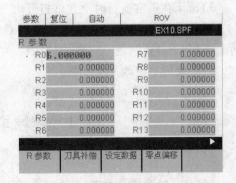

图 3.26 "设定数据"状态图   图 3.27 R 参数窗口

（2）R 参数

功能："R 参数"窗口中如图 3.27 所示,列出系统中所有的 R 参数,需要时可以修改这些参数。

操作步骤:

1）按软键"参数" 参数 和"R 参数" R 参数 。

2）用光标键 ▲ ◀ ▼ ▶ 把光标移到所要求的范围。

3）用数字键 ' 1 + 9 输入数值。

4）按输入键 ⇨ 或光标键进行。

3.3.9 关机

（1）**关机前的准备**

在关机前,操作人员应对数控车床进行维护,维护包括下列内容:

1）清除切屑 操作人员应清除停留在刀架和导轨上的切屑,特别是导轨面上的切屑一定要清除干净。

2）擦除脏物 用沙头擦拭导轨面、刀架和机床外表面。

3）润滑关键部件 擦干净有关表面后,需对关键部件进行润滑,特别是导轨面需要每天润滑。在润滑导轨面时,应先在裸露的导轨处加上机油,任何应用点动方式将刀架沿 X,Z 轴移动,将原来被刀架覆盖的导轨也裸露出来加上油。

4）将进给速度修调旋钮置零 为避免在下次开机时发生问题,应将进给速度修调旋钮的倍率置零。这样即使是操作水平不高的人员开动了机床,刀架也不移动,不会发生意外事故。

（2）**关机**

按下操作面板上的 CNC 带源开关,关闭显示窗口,然后关闭电气柜开关。

（3）**数控车床安全操作注意事项**

1）数控车床的开机、关机顺序,一定要按照机床说明书的规定执行。

2）主轴启动开始切削之前一定要关好防护罩,程序正常运行中严禁开启防护罩门。

3）机床在正常运行时不允许打开电气柜门,禁止按下急停按钮或复位按钮。

4）机床如发生故障,操作人员要注意保留现场,并向维护人员如实说明故障发生前后的情况,以利于分析问题、查找故障原因。

5）不要随意更改系统参数。

3.4 数控车床编程与加工实例

3.4.1 轴类零件加工

零件如图 3.28 所示,毛坯为 ϕ40mm 棒料,材料为 45 钢,试在数控车床上完成该零件

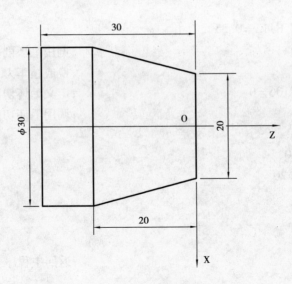

图 3.28　正锥零件

的加工。

（1）确定工艺方案

根据零件图样要求和毛坯情况,确定工艺方案及加工路线。对短轴类零件,轴心线为工艺基准,用三爪自定心卡盘一次装夹完成粗精加工。其工步顺序如下:

1)粗车端面及外圆锥面,留 1mm 精车余量;

2)精车外圆锥面到尺寸。

（2）选择机床设备

根据零件图样要求,可选用数控卧式车床。

（3）选择刀具

根据加工要求,选用两把刀具,T01 为 90 粗车刀,T02 为 90 精车刀。同时把这两刀安装在自动换刀刀架上,且都对好刀,把它们的刀偏值输入相应的刀具参数中。

（4）确定切削用量

切削用量的具体数值应根据该机床性能、相关的手册并结合实际经验确定。设定分三次走刀,前两次背吃刀量 $a_p = 2mm$,最后一次背吃刀量为 $a_p = 1mm$。

（5）确定工件坐标系

确定以工件右端面在与轴心线的交点 O 为工件原点,建立 XOZ 工件坐标系。

（6）编写程序

按该机床规定的指令代码和程序段格式,把加工零件的全部工艺过程编写成程序清单,该工件的加工程序如下:

主程序:LC95. MPF

N0010 G54 G90 T 01　　　　　　　　　　　　　　;调用 1 号粗车刀刀具

N0020 G00 X100 Z100

N0030 M03 S700

N0040 _CNAME = "L01"　　　　　　　　　　　　;调用子程序

N0050 R105 = 1 R106 = 0. 5 R108 = 5 R109 = 0　　　;设定外径粗车削循环参数

N0060 R111 = 0.4 R112 = 0.25

N0080 LCYC95　　　　　　　　　　　　;调用毛坯削循环

N0090 T 02　　　　　　　　　　　　　　;换成精车刀

N0100 R105 = 5 R106 = 0　　　　　　　;定义毛坯切削循环参数

N0110 LCYC95　　　　　　　　　　　　;调用毛坯切削循环参数

子程序:L01. SPF

N0010 G00 Z2 X20

N0020 G01 X30 Z-20

N0030 Z-30

N0040 X35

N0050 G00 Z2

N0060 RET　　　　　　　　　　　　　　;返回主程序

3.4.2　螺纹车削加工

零件如图3.29所示,毛坯为ϕ30mm的棒料,材料为45钢,试在数控车床上完成该零件的加工。

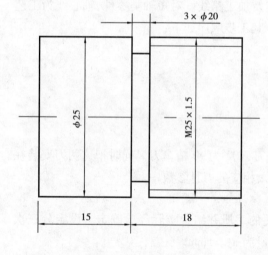

图 3.29　轴类零件

（1）确定工艺方案

根据零件图样要求和毛坯情况,确定工艺方案及加工路线。对短轴类零件,轴心线为工艺基准,用三爪自定心卡盘一次装夹完成粗精加工。其工步顺序如下:

1）粗车ϕ26mm通径,留1mm精加工;

2）精车至ϕ25mm;

3）割槽;

4）切螺纹。

（2）选择机床设备

根据零件图样要求,可选用数控卧式车床。

（3）选择刀具

根据加工要求,选用四把刀具,T01为粗车刀,T02为精车刀,T03为割刀,刀宽为3mm,T04为螺纹刀同时把这两把刀安装在自动换刀刀架上,且都对好刀,把它们的刀偏值输入相应的刀具参数中。

（4）确定工件坐标系

确定以工件右端面在与轴心线的交点O为工件原点,建立XOZ工件坐标系。

（5）编写程序

按该机床规定的指令代码和程序段格式,把加工零件的全部工艺过程编写成程序清单,该工件的加工程序如下:

N0010 G54 G90 G94 M03 S1000 T01

N0020 G00 X26 Z2

N0030 G01 Z-33 F150

N0040 X30

N0050 G00 Z2

N0060 G01 X25

N0070 Z-33 F100

N0080 X30

N0090 G00 Z2

N0100 X25

N0110 R100 = 25 R101 = 0 R102 = 25 R103 = − 15 R104 = 1.5 R105 = 1 R106 = 0.3 R109 = 6 R110 = 2 R111 = 0.9 R112 = 0 R113 = 5 R114 = 1

N0120 LCYC97

N0130 G00 Z6

N0140 X23.2

N0150 G33 Z-17 F1.5

N0160 G00 X50

N0170 Z100

N0180 M05

N0190 M02

3.4.3　综合车削加工实例

零件如图 3.30 所示，毛坯为 $\phi30$mm 的棒料，材料为 45 钢，试在数控车床上完成该零件的加工。

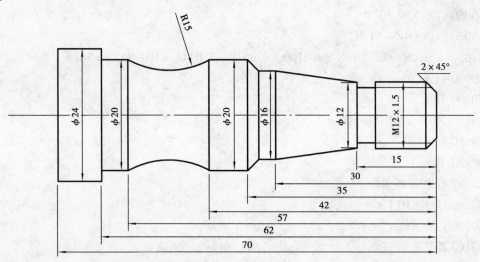

图 3.30　轴类零件

（1）确定工艺方案

根据零件图样要求和毛坯情况，确定工艺方案及加工路线。对短轴类零件，轴心线为工艺基准，用三爪自定心卡盘一次装夹完成粗精加工。其工步顺序如下：

1）粗车 $\phi25$mm 通径，留 1mm 精加工；

2）粗车中间复杂部分，螺纹按大径尺寸车削，先不割槽，留1mm精加工；

3）精加工整个轴体、倒角；

4）割槽；

5）切螺纹。

（2）**选择机床设备**

根据零件图样要求，可选用数控卧式车床。

（3）**选择刀具**

根据加工要求，选用四把刀具，T01为粗车刀，T02为精车刀，T03为割刀，刀宽为3mm，T04为螺纹刀同时把这四把刀安装在自动换刀刀架上，且都对好刀，把它们的刀偏值输入相应的刀具参数中。

（4）**确定工件坐标系**

确定以工件右端面在与轴心线的交点O为工件原点，建立XOZ工件坐标系。

（5）**编写程序**

按该机床规定的指令代码和程序段格式，把加工零件的全部工艺过程编写成程序清单，该工件的加工程序如下：

主程序：LC95.MPF

N0010 G54 G90 G94 S700 M03 T01

N0020 G00 X50 Z0

N0030 G01 X25 F100

N0040 Z-73

N0050 X28

N0060 G00 X50 Z0

N0070 _CNAME = "L01"

R105 = 1 R106 = 0.5 R108 = 3 R109 = 0 R110 = 2 R111 = 100 R112 = 50

N0080 LCYC95

N0090 T02

N0100 R105 = 5 R106 = 0

N0110 LCYC95

N0120 T03

N0130 G00 Z-15 X15

N0140 G01 X10 F30

N0150 G00 X18

N0160 Z50

N0170 T04

N0180 R = 100 R101 = 0 R102 = 12 R103 = −12 R104 = 1.5 R105 = 1 R106 = 0.3 R109 = 6 R110 = 2 R111 = 0.9 R112 = 0 R113 = 5 R114 = 1

N0190 LCYC97

N0200 G00 X10.2 Z6

N0210 G33 Z-13 F1.5

N0220 G00 X50

N0230 Z100

N0240 M02

子程序:L01. SPF

N0010 G00 X12 Z2

N0020 G01 Z-15 F150

N0030 X16 Z-30

N0040 Z-33

N0050 X20 Z-35

N0060 Z-42

N0070 G02 X20 Z-57 CR15 F100

N0080 G01 Z-62 F150

N0090 X24

N0100 Z-70

N0110 M02

思考与练习题

3.1 数控车床如何设定工件坐标系?

3.2 圆弧插补有哪些方式?

3.3 在什么情况下应用子程序?

3.4 在应用螺纹切削循环指令时,每刀的切削深度一样吗?

3.5 在应用切槽循环指令时,R100 与 R108 的值都是直径数据尺寸吗?

3.6 点动方式和手动方式是一样的吗?

3.7 对刀的基本步骤是什么样的?

3.8 编制如图 3.31、图 3.32、图 3.33 所示零件加工程序,并在数控车床上完成零件的加工。

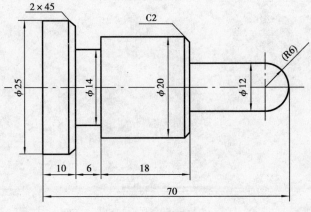

图 3.31 轴类零件 1

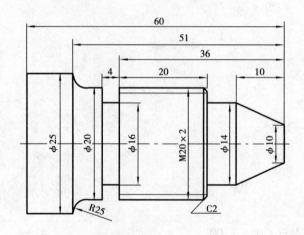

图 3.32　轴类零件 2

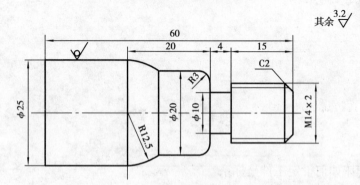

图 3.33　轴类零件 3

第**4**章
数控铣床编程与操作

数控铣床是一种加工功能很强的数控机床,目前迅速发展起来的加工中心、柔性加工单元等都是在数控铣床、数控镗床的基础上产生的,两者都离不开铣削方式。由于数控铣削工艺相对比较复杂,需要解决的技术问题也最多,因此,目前人们在研究和开发数控系统及自动编程软件系统时,也一直把铣削加工作为重点。

4.1 数控铣床加工概述

4.1.1 数控铣床的主要功能

当今数控铣床的种类比较多,由于各类铣床配置的数控系统不尽相同,其功能也有所不同。除各自的特点之外,一般常具有以下主要功能:

(1)点位控制功能

利用这一功能数控铣床只需要控制刀具从一点移动到另一点的准确位置,可以进行钻孔、扩孔、锪孔、铰孔和镗孔等操作。

(2)连续轮廓控制功能

数控铣床通过直线插补与圆弧插补,可以实现对刀具的连续轮廓控制,加工出由直线和圆弧两种几何要素构成的平面轮廓工件。对于一些由非圆曲线构成的平面轮廓也可以采用逼近直线插补或逼近圆弧插补进行加工。

(3)固定循环功能

固定循环是指系统内固化的子程序,并通过各种参数适应不同的加工要求,主要用于实现一些具有典型性的需要多次重复的加工动作,如各种孔、内外螺纹、沟槽等的加工。使用固定循环可以有效地简化程序的编制。

(4)刀具自动补偿功能

一般包括刀具半径补偿、刀具长度补偿、刀具空间位置补偿功能等。刀具半径补偿用于平面轮廓加工,刀具长度补偿用于设置刀具长度,刀具空间位置补偿用于曲面加工。利用刀具自动补偿功能在编制程序时可以很方便的按照工件的实际轮廓形状和尺寸进行编程计算。

（5）径向、旋转、缩放、平移功能

通过机床数控系统对加工程序进行上述处理，控制加工，从而简化程序编制。

（6）自动加减速控制

该功能使机床在刀具改变运动方向时自动调整进给速度，保持正常而良好的加工状态，避免造成刀具变形、工件表面受损、加工过程速度不稳等情形。

（7）数据输入输出及 DNC 功能

数控铣床一般通过 RS232C 接口进行数据的输入及输出，包括加工程序和机床参数等。当执行的加工程序超过存储空间时，就应当采用 DNC 加工，即外部计算机直接控制数控铣床进行加工。

（8）子程序功能

对于需要多次重复的加工动作或加工区域，可以将其编成子程序，在主程序需要的时候调用它，并且可以实现子程序的多级嵌套，以简化程序的编写。

（9）自诊断功能

自诊断是数控系统在运转中的自我诊断，它是数控系统的一项重要功能，对数控机床的维修具有重要的作用。

（10）特殊功能

有些数控铣床在增加了计算机仿形加工装置后，可以在数控和靠模控制方式中任选一种来进行加工，从而扩大了机床使用范围。主要包括机床自适应功能和数据采集功能。

4.1.2 数控铣床的加工工艺范围

（1）平面类零件

加工面平行、垂直于水平面或与水平面成定角的零件称为平面类零件，这一类零件的特点

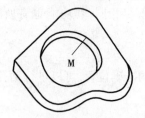

图 4.1 平面类零件

是：加工单元面为平面或可展开成平面。其数控铣削相对比较简单，一般只须用三坐标数控铣床的两坐标联动（两轴半坐标加工）就可以完成加工，图 4.1 是平面类零件加工示意图。

（2）曲面类（立体类）零件

加工面为空间曲面的零件称为曲面类零件，其特点是加工面不能展开成平面，加工中铣刀与零件表面始终是点接触式。加工此类零件一般采用三坐标联动数控铣床，如图 4.2 所示，对于此类零件一般采用球头刀具，因为其他刀具加工曲面时更容易产生干涉而铣到邻近表面。

（3）变斜角类零件

如图 4.3 所示，加工面与水平面的夹角呈连续变化的零件称为变斜角类零件，以飞机零部件常见。其特点是加工面不能展开成平面，加工中加工面与铣刀周围接触的瞬间为一条直线。对于此类零件一般采用四坐标或五坐标数控铣床摆角加工。

（4）孔及螺纹

采用定尺寸刀具进行钻、扩、铰、镗及攻丝等，一般数控铣都有镗、钻、铰功能。

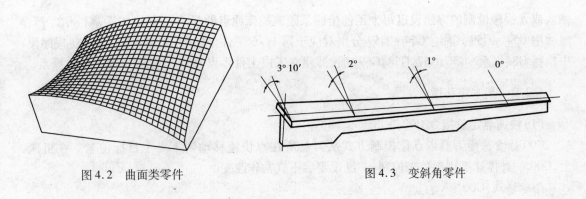

图 4.2　曲面类零件　　　　　　　　　　图 4.3　变斜角零件

4.2　数控铣床的基本编程方法

4.2.1　坐标系的设定

在数控机床的加工过程中,刀具在机床行程范围内的位置由坐标确定,那么坐标系的设定是编程计算的第一步,应根据不同的加工要求和编程的方便性进行恰当的选择。常用的坐标系有机床坐标系,工件坐标系和局部坐标系三类。

工件坐标系是编程时使用的坐标系,又称为编程坐标系。程序上的坐标值均以此坐标系为依据。为了编程方便,一般将编程坐标系设在工件上,并将坐标原点设在图样的设计、工艺基准处,所以编程坐标系又称工件坐标系,其坐标原点又称工件零点或编程零点。按照零件图纸编制程序时,其编程原点即为刀具开始运动的起刀点。在刀具开始运动之前应确定工件坐标系在机床坐标系的位置,这个过程由 G92,G54 ~ G59 等指令设定。

1)G92 设定工件坐标系

指令格式:G92 X ＿＿＿ Y ＿＿＿ Z ＿＿＿;

如图 4.4 所示,先使刀位点位于刀具起点 A,若已知刀具起点相对工件坐标的坐标值为 (α, β, γ),则执行程序段 G92 Xα Yβ Zγ 后,即建立了以工件零点 O_p 为坐标原点的工件坐标系。执行 G92 指令时机床不产生任何动作。

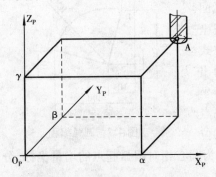

图 4.4　G92 设定工件坐标系　　　　　　图 4.5　G54 ~ G59 设定工件坐标系

2)G54 ~ G59 设定工件坐标系

在机床行程范围内还可以由 G54 ~ G59 指令设定 6 个不同的工件坐标系。此时先用手动输入或者程序设定的方法设定每个工件坐标系距离机床原点的 X,Y,Z 轴向的距离(α,β,γ)，然后用 G54~G59 调用。G54~G59 分别对应于第 1~6 工件坐标系,如图 4.5 所示,在程序段中执行 G54(G55,G56,G57,G58,G59)后,即建立了以工件零点 O_p 为坐标原点的工件坐标系。

4.2.2 基本移动指令

(1)**快速点定位指令** G00

G00 指令命令刀具以点位控制方式从刀具所在点快速移动到下一个目标位置。在机床上,G00 的具体速度用参数来控制,一经设定后不宜常作改变。

指令格式:G00　X____ Y____ Z____ ;

其中:X,Y,Z 表示目标位置的坐标值。

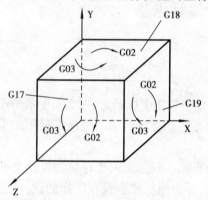

(2)**直线插补指令** G01

G01 用于按指定速度进给的直线运动,可使机床沿 X,Y,Z 方向执行单轴运动,或在各坐标平面内执行任意斜率的直线运动,也可使机床三轴联动,沿指定的空间直线运动。

指令格式:G01　X____ Y____ Z____ F____ ;

其中:X,Y,Z 为指定直线的终点坐标值。

(3)**圆弧插补指令** G02,G03

G02 表示按指定速度进给的顺时针圆弧插补指令,G03 表示按指定速度进给的逆时针圆弧插补指令。顺圆、逆圆的判别方法是:沿着不在圆弧平面内的坐标轴由正方向朝负方向看去,顺时针方向为 G02,逆时针方向为 G03,如图 4.6 所示。

图 4.6　圆弧在不同加工平面内顺逆的区分

1)指令格式:

G17(G18,G19)G02（ G03 ）G90（ G91 ）X____ Y____ I____ J____ （R____ ）F____ ;

圆弧所在的平面用 G17,G18 和 G19 指令来指定。但是,只要已经在先前的程序块里定义了这些命令,也可以省略。圆弧的回转方向由 G02/G03 来指定,在圆弧回转方向指定后,指派切削终点坐标。G90 是指定在绝对坐标方式下使用此命令;而 G91 是在指定在增量坐标方式下使用此命令,如果 G90/G91 已经在先前程序块里给出过,可以省略。圆弧的终点用相应平面内的两个轴的坐标值指定(例如,在 XY 平面内,用 X, Y 坐标值)。终点坐标能够像 G00 和 G01 命令一样地设置。圆弧中心的位

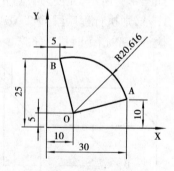

图 4.7　圆弧编程

置或者其半径应当在设定圆弧终点之后设置,I,J 和 K 为圆心相对圆弧起点的增量坐标,分别对应于 X,Y 和 Z 轴。

2)举例:如图 4.7 所示,编制圆弧 AB 的加工程序。

圆弧起点 A 的 X 坐标值 －－－－－－－－－－－－ 30。

圆弧中心 O 的 X 坐标值 －－－－－－－－－－－－ 10。

因此,"I"就是 -20。(10 - 30 = -20)

圆弧起点 A 的 Y 坐标值 – – – – – – – – – – – 10。

圆弧中心 O 的 Y 坐标值 – – – – – – – – – – 5。

因此,"J"就是 -5。(5 - 10 = -5)

此圆弧编程指令如下:

①绝对值方式,IJK 编程:

G17 G03 G90 X5. Y25. I-20. J-5. F20;

②绝对值方式,R 编程:

G17 G03 G90 X5. Y25. R20.616. F20;

③增量方式,IJK 编程:

G17 G03 G91 X-25. Y15. I-20. J-5. F20;

④增量方式,R 编程:

G17 G03 G91 X-25. Y15. R20.616. F20;

说明:把圆弧中心设置为"I","J"和"K"时,必须设置为圆弧起点到圆弧中心的增量值,命令里的"I0","J0"和"K0"可以省略。如轨迹为一整圆,则编程必须指定为圆心方式,不能采用半径方式。

4.2.3　参考点

机床参考点是机床上一个固定点,与加工程序无关。数控机床的型号不同,其参考点的位置也不同。通常立式铣床指定 X 轴正向、Y 轴正向和 Z 轴正向的极限点为参考点。对加工范围比较大的机床,可设置在距机床原点较近的适当位置。而机床原点也称为机床零点,它是通过机床参考点间接确定的,机床原点一般设在机床加工范围下平面的左前角。机床启动后,首先要将机床位置"回零",即执行手动返回参考点操作,这样数控装置才能通过参考点确认出机床原点的位置,从而在数控系统内部建立一个以机床零点为坐标原点的机床坐标系。这样在执行加工程序时,才能有正确的工件坐标系。

(1)返回参考点校验指令 G27

指令格式:G27　X ____ Y ____ Z ____;

其中:X,Y,Z 值指机床参考点在工件坐标系的绝对值坐标,执行 G27 指令,刀具将以快速定位(G00)方式自动返回机床参考点。若到达参考点位置,则操作面板上的参考点返回指示灯会亮。如果指示灯不亮,则说明程序中所给出的坐标点的坐标值有错误或机床定位误差过大。

注意,执行 G27 指令时,必须先取消刀具长度和半径补偿,否则会发生不正确的动作,由于返回参考点不是每个加工周期都需要执行,所以可作为选择程序段。G27 程序段执行后如不希望继续执行下一程序段(使机械系统停止)时,则在该程序段后增加 M00 或 M01,或在单个程序段中运行 M00 或 M01。

(2)自动返回参考点指令 G28

指令格式:G28　X ____ Y ____ Z ____;

其中:X,Y,Z 值是指刀具经过中间点的绝对值坐标,执行 G28 指令,刀具从当前位置以快速定位(G00)移动方式,经过中间点回到参考点。在使用 G28 指令时,原则上必须先取消刀具半径补偿和刀具长度补偿。G28 指令一般用于自动换刀。

（3）**从参考点返回指令 G29**

指令格式：G29　X ＿＿＿＿　Y ＿＿＿＿　Z ＿＿＿＿；

其中：X,Y,Z 值是指刀具的目标点坐标,执行 G29 指令时,首先使被指定的各轴快速移动到前面 G28 所指令的中间点,然后再移动到被指定的位置（坐标值为 X,Y,Z 的返回点）上定位。如果 G29 指令的前面未指定中间点,则执行 G29 指令时,被指定的各轴经程序零点,再移到 G29 指令的返回点上定位。

4.2.4　刀具补偿

（1）**刀具半径补偿功能** G40/G41/G42

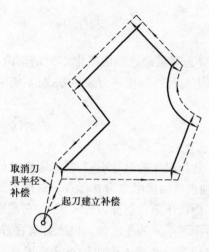

图 4.8　刀具补偿

由于刀具总有一定的刀具半径或者刀尖部分有一定的圆弧半径,所以在零件轮廓加工过程中刀位点的运动轨迹并不是零件的实际轮廓,刀位点必须偏移零件轮廓一个刀具半径,这种偏移称为刀具半径补偿。当刀具移动时,刀具轨迹可以偏移一个刀具半径。如图 4.8 所示,为了偏移一个刀具半径,CNC 首先建立长度等于刀具半径的偏置矢量,矢量的尾部在工件上而头部指向刀具中心。在加工期间,刀具轨迹可以用偏置矢量的长度进行偏移。在加工结束时,为使刀具返回到开始位置,必须取消刀具半径补偿方式。

1）指令格式：

G41 X ＿＿＿＿　Y ＿＿＿＿　D ＿＿＿＿；

G42 X ＿＿＿＿　Y ＿＿＿＿　D ＿＿＿＿；

G40；

其中：G41 表示偏置在刀具行进方向的左侧,G42：偏置在刀具行进方向的右侧,G40：取消刀具半径偏置。

在实际轮廓加工过程中,刀具半径补偿执行过程一般分为三步：

①刀具补偿建立　在刀具移动指令中建立刀补,刀具中心轨迹由 G41 或 G42 确定,在原来的程序轨迹基础上伸长或者缩短一个刀具半径。

②刀具补偿进行　一旦建立了刀具补偿则一直维持该状态,除非撤消刀具补偿。在刀具补偿进行期间,刀具中心轨迹始终偏离程序轨迹一个刀具半径值的距离。

③刀具补偿取消　在刀具移动指令中撤消刀补,和建立刀具补偿一样,刀具中心轨迹也要比程序轨迹伸长或缩短一个刀具半径值的距离。

2）举例：工件轮廓如图 4.9 所示,通过刀具半径补偿编写工件轮廓的加工程序。

程序：

G92 X0 Y0 Z0；　　　　　　　　　　　　指定绝对坐标值,刀具定位在开始位置

　　　　　　　　　　　　　　　　　　　　（X0,Y0,Z0）

N1 G90 G17 G00 G41 D07 X250.0 Y550.0；开始刀具半径补偿（起刀）

N2 G01 Y900.0 F150；　　　　　　　　　从 P1 到 P2 加工

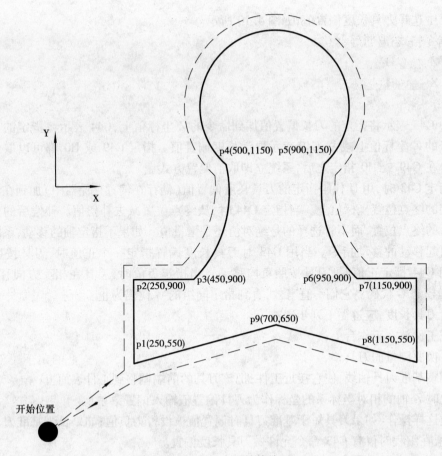

图 4.9　刀具半径补偿编程

N3　X450.0;	从 P2 到 P3 加工
N4　G03 X500.0 Y1150.0 R650.0;	从 P3 到 P4 加工
N5　G02 X900.0 R-250.0;	从 P4 到 P5 加工
N6　G03 X950.0 Y900.0 R650.0;	从 P5 到 P6 加工
N7　G01 X1150.0;	从 P6 到 P7 加工
N8　Y550.0;	从 P7 到 P8 加工
N9　X700.0 Y650.0;	从 P8 到 P9 加工
N10　X250.0 Y550.0;	从 P9 到 P1 加工
N11　G00 G40 X0 Y0;	取消刀具补偿,刀具返回到开始位置
	(X0,Y0,Z0)

（2）**刀具长度补偿** G43/G44/G49

刀具长度补偿是为了使刀具顶端到达编程位置而进行的刀具位置补偿,将编程时的刀具长度和实际使用的刀具长度之差设定于刀具偏置存储器中。用该功能补偿这个差值而不用修改程序。用 G43 或 G44 指定偏置方向,由输入的相应地址号(H 代码)指定大小,从偏

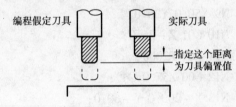

图 4.10　刀具长度补偿

65

置存储器中选择刀具长度偏置值,如图 4.10 所示。

1)指令格式:

G43 Z ____ H ____ ;

G44 Z ____ H ____ ;

G49;

其中 G43 表示将指定的刀长偏置值加到命令的 Z 坐标值上,G44 表示将指定的刀长偏置值从命令的 Z 坐标值上减去,G49 表示取消长度偏置值。指定 G49 或 H0 都可以取消刀具长度偏置。在 G49 或 H0 指定之后,系统立即取消偏置方式。

当指定 G43 时,用 H 代码指定的刀具长度偏置值(储存在偏置存储器中)加到在程序中由指令指定的终点位置坐标值上。当指定 G44 时,从终点位置减去补偿值。补偿后的坐标值表示补偿后的终点位置,而不管选择的是绝对值还是增量值。如果不指定轴的移动,系统假定指定了不引起移动的移动指令。当用 G43 对刀具长度偏置指定一个正值时,刀具按照正向移动。当用 G44 指定正值时,刀具按照负向移动。当指定负值时,刀具在相反方向移动。G43 和 G44 是模态 G 代码。它们一直有效,直到指定同组的 G 代码为止。

测量刀具长度,应遵循下列步骤:

①把工件放在工作台上;

②更换要测量的刀具;

③调整基准刀具轴线,使它接近工件;把该刀具的前端调整到工件表面上;

④此时 Z 轴的相对坐标系的坐标作为刀具偏置值输入偏置菜单。

通过这样操作,如果刀具短于基准刀具时偏置值被设置为负值;如果长于基准刀具则为正值。因此,在编程时仅有 G43 命令允许做刀具长度偏置。

2)举例:工件轮廓如图 4.11 所示,应用长度补偿编写该轮廓的加工程序。

程序:

H1 = -4.0(刀具长度偏置值)

N1 G91 G00 X120.0 Y80.0;

N2 G43 Z -32.0 H1;   建立刀具长度补偿

N3 G01 Z -21.0 F1000;

N4 G04 P2000;

N5 G00 Z21.0;

N6 X30.0 Y -50.0;

N7 G01 Z -41.0;

N8 G00 Z41.0;

N9 X50.0 Y30.0;

N10 G01 Z -25.0;

N11 G04 P2000;

N12 G00 Z57.0 G49;   取消刀具长度补偿

N13 X -200.0 Y -60.0;

N14 M30;

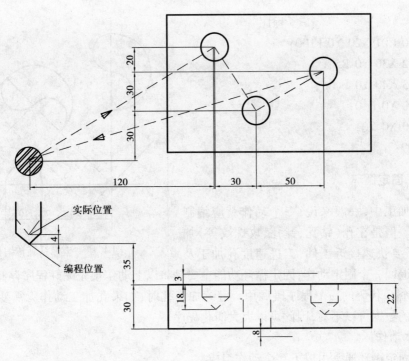

图 4.11　刀具长度补偿编程

4.2.5　坐标系旋转功能 G68,G69

如果工件的形状由许多相同的图形组成,可选择其中一个图形编程,然后将坐标系旋转一定角度后,利用前面程序进行其他相同图形的加工。也可将其中一个图形编成子程序,然后在主程序中执行坐标系旋转指令后调用该子程序,这样可以简化编程。

(1)指令格式

G68 X _____ Y ____ R ____;

┇

G69;

其中:G68 表示建立旋转;X,Y 为旋转中心坐标值;R 表示旋转角度,正值表示逆时针旋转,反之顺时针旋转。G69 表示坐标系旋转指令取消。

(2)举例如图 4.12

O0021;主程序

N10 G90 G17 M03;

N20 M98 P100;　　　　加工①

N30 G68 X0 Y0 P45;旋转 45 度

N40 M98 P100;　　　　加工②

N50 G69;　　　　　　取消旋转

N60 G68 X0 Y0 P90;旋转 90 度

N70 M98 P100;　　　　加工③

N80 G69 M05 M30;　　取消旋转

O0100；　　　　　　　　子程序
N10 G90 G01 X20 Y0 F100；
N20 G02 X30 Y0 R5；
N30 G03 X40 Y0 1、R5；
N40 X20 Y0 R10；
N50 G00 X0 Y0；
N60 M99；

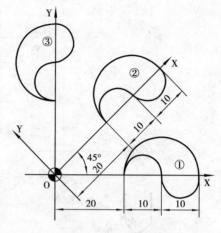

图4.12　坐标系旋转编程

4.2.6　固定循环

在数控加工中，一般来说，一个动作就应编制一条程序段。但是在孔（钻孔、镗孔、攻螺纹等）加工时，往往需要快速接近工件、工进速度孔加工及完成后快速退回三个固定动作；固定循环功能主要是将以上动作预先编好程序存储在内存中，可用包含一个G代码的一个程序段调用。继续加工孔时，如果孔加工动作无需变更，则程序中所有模态的数据可以不写，因此可以大大简化程序。

（1）基本动作

孔加工固定循环通常由以下6个动作组成。

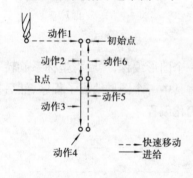

图4.13　固定循环

动作1：X轴和Y轴定位，使刀具快速定位到孔加工位置。

动作2：快速进给到R点。

动作3：孔加工，以切削进给方式执行孔的加工。

动作4：在孔底的动作，包括暂停、主轴准停、刀具移动等动作。

动作5：返回到R点，继续孔的加工而又可以安全移动刀具时选择退刀到R点。

动作6：快速返回初始点，孔加工完成后一般退刀到初始点。

如图4.13所示，用虚线表示快速进给，用实线表示切削进给。

在孔加工过程中通常有以下3个平面：

1）初始平面。它是为安全下刀而规定的一个平面。初始平面到零件表面的距离可以任意选择在一个安全的高度上，只有当孔间存在障碍需要跳跃或者全部孔加工完成后，才使用G98返回到初始平面。

2）R平面。它又叫做R参考平面，是刀具下刀时由快速进给转为切削进给的高度平面，距离工件表面的距离主要考虑工件表面尺寸的变化。使用G99可返回R平面。

3）孔底平面。加工盲孔时孔底平面就是孔底的Z向高度。

（2）固定循环的代码及格式

1）数据格式。固定循环指令中地址R与地址Z的数据指令与G90和G91的方式选择有关。

2）返回点平面G98和G99。它们确定刀具在返回时到达的平面。G98表示返回初始平面,G99 表示返回 R 平面。

3)固定循环的 G 代码(见表4.1)。

4)固定循环的格式:

G73—G89 X ____ Y ____ Z ____ R ____ Q ____ P ____ F ____ K ____;

其中:X,Y 表示被加工孔的位置(与 G90 和 G91 的选择有关);Z 表示孔底深度(与 G90 和 G91 的选择有关);R 表示 R 平面位置(与 G90 和 G91 的选择有关);Q 表示每次切削进给的切削深度(无符号,增量);F 表示切削进给速度,模态指令;K 表示重复次数(系统默认为 K1)非模态指令。

表4.1　固定循环代码表

G 代码	钻削(−Z 方向)	在孔底的动作	回退(+Z 方向)	应　用
G73	间歇进给		快速移动	高速深孔钻循环
G74	切削进给	停刀 − 主轴正转	切削进给	左旋攻丝循环
G76	切削进给	主轴定向停止	快速移动	精镗循环
G80				取消固定循环
G81	切削进给		快速移动	钻孔循环　点钻循环
G82	切削进给	停刀	快速移动	钻孔循环
G83	间歇进给		快速移动	深孔钻循环
G84	切削进给	停刀 − 主轴反转	切削进给	攻丝循环
G85	切削进给		切削进给	镗孔循环
G86	切削进给	主轴停止	快速移动	镗孔循环
G87	切削进给	主轴正转	快速移动	背镗循环
G88	切削进给	停刀 − 主轴停止	手动移动	镗孔循环
G89	切削进给	停刀	切削进给	镗孔循环

孔加工方式的指令以及 Z,R,Q,P,F 等都是模态的,因此只要在开始时指定了这些指令,在后面连续的加工中不必重新制定。取消孔加工固定循环用 G80。

5)常用固定循环指令:

①高速排屑钻孔循环 G73

指令格式:

G73 X ____ Y ____ Z ____ R ____ Q ____ F ____ K ____;

其中:X,Y 表示孔位数据;Z 表示孔底深度(绝对坐标);R 表示每次下刀点或抬刀点(绝对坐标);Q 表示每次切削进给的切削深度(无符号,增量);F 表示切削进给速度;K 表示重复次数。

举例:如图 4.14 所示,钻 $\phi20$ 的通孔,其加工程序如下:

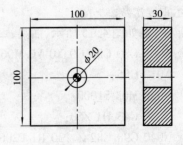

图 4.14　通孔加工

69

N005 G80 G90 G0 X0 Y0 M06 T1; 换 ϕ20 钻头,

N010 G55; 调用 G55 工件坐标系

N020 M03 S1000;

N030 G43 H1 Z50;

N040 G98 G73 Z – 30 R1 Q2 F200; 深孔钻削,离工件表面1mm处开始进给,每次切削2mm

N050 G80 G0 Z50; 取消固定循环

N060 M05;

N070 M30;

②精镗孔循环 G76

指令格式:

G76 X____ Y____ Z____ R____ Q____ P____ F____ K____ ;

其中:X,Y 表示孔位数据;Z 表示孔底深度(绝对坐标);R 表示每次下刀点或抬刀点(绝对坐标);Q 表示孔底的偏移量;P 表示暂停时间(单位:毫秒);F 表示切削进给速度;K 表示重复次数。

举例:镗削图4.14所示的 ϕ20 通孔,其加工程序如下:

N005 G80 G90 G0 X0 Y0 M06 T1; 换 ϕ20 镗刀

N010 G55; 调用 G55 工件坐标系

N020 M03 S1000;

N030 G43 H1 Z50;

N040 G98 G76 Z – 30 R1 Q2 P2000 F200; 镗孔循环

N050 G80 G0 Z50; 取消固定循环

N060 M05;

N070 M30;

③钻孔循环,逆镗孔循环 G82

指令格式:

G82 X____ Y____ Z____ R____ P____ F____ K____ ;

其中:X,Y 表示孔位数据;Z 表示孔底深度(绝对坐标);R 表示每次下刀点或抬刀点(绝对坐标);P 表示在孔底的暂停时间(单位:毫秒);F 表示切削进给速度;K 表示重复次数。

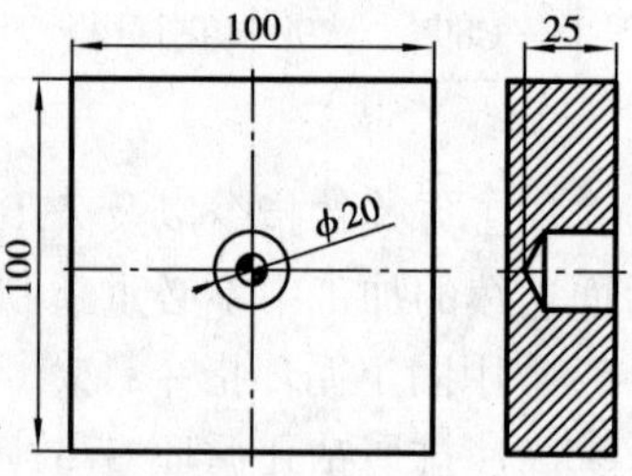

图 4.15 盲孔加工

举例:如图4.15所示,加工 ϕ20 的盲孔,其加工程序如下:

N005 G80 G90 G0 X0 Y0 M06 T1; 换 ϕ20 钻头

N010 G55; 调用 G55 工件坐标系

N020 M03 S1000;

N030 G43 H1 Z50;

N040 G98 G82 Z – 30 R1 P2000 F200; 钻孔循环

N050 G80 G0 Z50; 取消固定循环

N060 M05;

N070 M30;

④攻牙循环 G84

指令格式:

G82 X ＿＿＿ Y ＿＿ Z ＿＿ R ＿＿ P ＿＿ F ＿＿ K

＿＿ ;

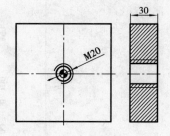

图 4.16　螺纹加工

其中:X,Y 表示孔位数据;Z 表示孔底深度(绝对坐标);R 表示每次下刀点或抬刀点(绝对坐标);P 表示在孔底的暂停时间(单位:毫秒);F 表示切削进给速度;K 表示重复次数。

举例:如图 4.16 加工一 M20 内螺纹,其加工程序如下:

N005 G80 G90 G0 X0 Y0 M06 T1;　　　　换 ϕ20 丝攻

N010 G55;　　　　　　　　　　　　　　调用 G55 工件坐标系

N020 M03 S800;

N030 G43 H1 Z50;　　　　　　　　　　调用长度补偿

N040 G84 Z－30 R5 P2000 F2;　　　　攻牙循环

N050 G80 Z50;　　　　　　　　　　　　取消固定循环

N060 M05;

N070 M30;

(3)固定循环综合举例

如图 4.17 所示,加工平面类综合零件,编制其加工程序如下:

程序:

O0020;

N001 G92X0Y0Z0;　　　　　　　　　　　在参考点设置工件坐标

N002 G90 G00 Z250.0 T11 M6;　　　　刀具交换

N003 G43 Z0 H11;　　　　　　　　　　初始位置,刀具长度偏置

N004 S300 M3;　　　　　　　　　　　　主轴起动

N005 G99 G81X400.0 R Y－350.0 Z－153.0R－97.0 F120;　　定位,钻 1 孔

N006 Y－550.0;　　　　　　　　　　　定位,钻 2 孔,并返回到 R 点位置

N007 G98Y－750.0;　　　　　　　　　定位,钻 3 孔,并返回到 R 点位置

N008 G99X1200.0;　　　　　　　　　　定位,钻 4 孔,并返回到 R 点位置

N009 Y－550.0;　　　　　　　　　　　定位,钻 5 孔,并返回到 R 点位置

N010 G98Y－350.0;　　　　　　　　　定位,钻 6 孔,并返回到 R 点位置

N011 G00X0Y0M5;　　　　　　　　　　返回参考点,主轴停止

N012 G49Z250.0T15M6;　　　　　　　取消刀具长度偏置,换刀

N013 G43Z0H15;　　　　　　　　　　　初始位置,刀具长度偏置

N014 S200M3;　　　　　　　　　　　　主轴起动

N015 G99G82X550.0Y－450.0Z－130.0R－97.0P300F70;

　　　　　　　　　　　　　　　　　　　定位,钻 7 孔,返回到 R 点位置

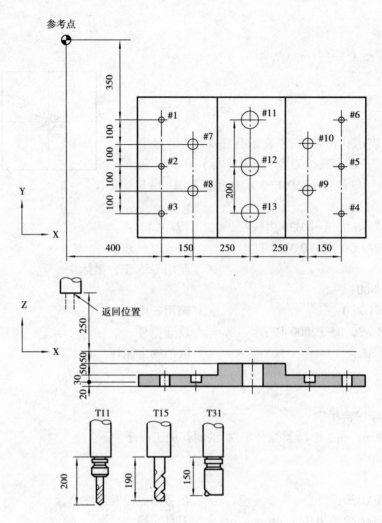

图 4.17　平面类零件加工

N016 G98Y－650.0;　　　　　　　　　　　定位,钻 8 孔,返回到 R 点位置

N017 G99X1050.0;　　　　　　　　　　　定位,钻 9 孔,返回到 R 点位置

N018 G98Y－450.0;　　　　　　　　　　　定位,钻 10 孔,返回到初始位置

N019 G00X0Y0M5;　　　　　　　　　　　返回参考点,主轴停止

N020 G49Z250.0T31M6;　　　　　　　　　取消刀具长度偏置,换刀

N021 G43Z0H31;　　　　　　　　　　　　初始位置,刀具长度偏置

N022 S100M3;　　　　　　　　　　　　　主轴起动

N023 G85G99X800.0Y－350.0Z－153.0R47.0F50;

　　　　　　　　　　　　　　　　　　　定位,镗 11 孔,返回到 R 点位置

N024 G91Y－200.0K2;　　　　　　　　　定位,镗 12,13 孔,返回到 R 点位置

N025 G28X0Y0M5;　　　　　　　　　　　返回参考点,主轴停止

N026 G49Z0;　　　　　　　　　　　　　取消刀具长度偏置

N027 M30;　　　　　　　　　　　　　　程序停止

4.2.7　子程序 M98,M99

如果程序包含固定的顺序或者多次重复的模式程序的话,这样的顺序或者模式程序可以编制成子程序在存储器中储存以简化程序结构。子程序可以由主程序调用,被调用的子程序也可以调用另一个子程序。

（1）**子程序构成**

O ＿＿＿＿;	子程序号
⋮	子程序内容
M99;	子程序结束返回主程序

（2）**子程序调用**

M98（调用）　　　P　次数　　　子程序号

当不指定调用次数时,子程序只调用一次。

（3）**子程序的执行**

从主程序调用子程序的顺序如图 4.18 所示。

主程序执行到 N30 时去执行子程序 O0016,重复执行两次后,返回主程序 O0015 继续执行 N40 程序段,到执行 N50 时又转去执行 O0016 子程序两次,又继续执行主程序 N60 以后程序段。

主程序	子程序
O0015;	O0016;
N10 ……;	N010 ……;
N20 ……;	N020 ……;
N30 M98 P20016;	N030 ……;
N40 ……;	N040 ……;
N50 M98 P20016;	N050 ……;
N60 ……;	N060 M99;

图 4.18　子程序调用

4.3　数控铣床的基本操作

本节将以南通纵横国际股份有限公司生产的 XK713A 数控铣床为例来讲解,机床外形如图 4.19 所示。

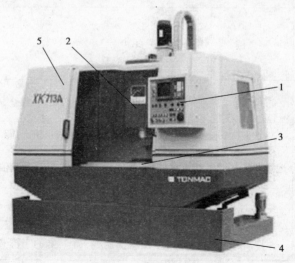

图 4.19　XK713A 机床外形
1—机床操作面板;2—主轴;3—工作台;4—冷却油箱;5—防护罩

4.3.1 操作面板及其应用

机床配有 CRT/MDI 面板和机床操作面板。CRT/MDI 面板主要功能有:程序编辑、参数输入、加工显示、故障信息提示等。机床操作面板主要用于控制机床运动,包括主轴运动、进给运动、手动模式、手轮模式等。

CRT/MDI 面板如图 4.20 所示,各按钮主要功能见表 4.2。

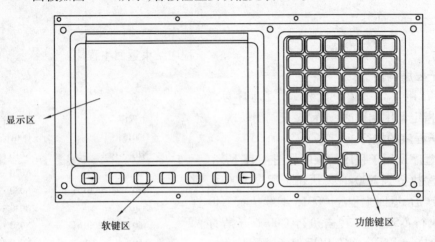

图 4.20 CRT/MDI 面板

表 4.2 CRT/MDI 面板上的键的功能

键	名 称	功 能
RESET	复位键	按下这个键可以使 CNC 复位或者取消报警等
光标移动键	光标移动键	用于上下移动光标
PAGE / PAGE	翻页键	用于前后翻页
HELP	帮助键	当对 MDI 键的操作不明白时,按下这个键可以获得帮助
▭	软键	在不同的功能键状态下执行不同的功能
N (/ 4 ←	地址和数字键	按下这些键可以输入字母,数字或者其他字符
SHIFT	切换键	在该键盘上,有些键具有两个功能。按下 <SHIFT> 键可以在这两个功能之间进行切换。当一个键右下角的字母可被输入时,就会在屏幕上显示一个特殊的字符 Ê

键	名　称	功　　能
INPUT	输入键	当按下一个字母键或者数字键时,再按该键数据被输入到缓冲区,并且显示在屏幕上。要将输入缓冲区的数据拷贝到偏置寄存器中等,请按下此键。这个键与软键中的[INPUT]键是等效的
CAN	取消键	按下这个键删除最后一个进入输入缓冲区的字符或符号
ALTER INSERT DELETE	程序编辑键	ALTER:替换 INSERT:插入 DELETE:删除
POS	加工显示	按下这一键以显示加工位置屏幕
PROG	程序显示	按下这一键以显示程序屏幕
SYSTEM	系统控制	按下这一键以显示系统屏幕
OFFSET SETTING	偏置控制	按下这一键以显示偏置/设置(SETTING)屏幕
MESSAGE	机床报警信息	按下这一键以显示信息屏幕
GRAPH	图形控制	按下这一键以显示图形显示屏幕

机床操作面板如图 4.21 所示,各按钮主要功能见表 4.3。

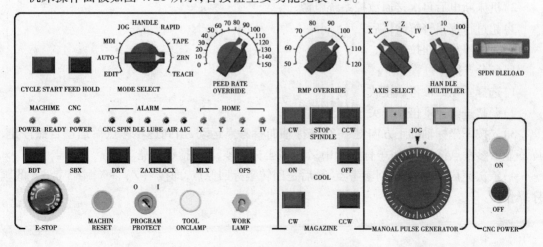

图 4.21　机床操作面板

表4.3　机床操作面板主要键功能

键	名　称	功　能
CYCLE START	循环启动	用于自动加工及 MDI 方式的启动程序
FEED HOLD	进给保持	用于运行过程中暂停,按下循环启动后再运行
BDT,SBX,DKY	跳步、单步、空运行	用于自动加工或 MDI 运行下的控制
Z AXIS LOCK	Z轴锁定	用于程序检验安全控制
MODE SELECT	模式选择	用于切换手动、MDI 等模式
FEED RATE OVERRIDE	进给倍率	选择进给运动倍率
RMP OVERRIDE	主轴倍率	主轴转速倍率调节
AXIS SELECT	轴选择	坐标轴的选择
HANDLE MUTIPLIER	手轮倍率	手轮控制下倍率选择
MANUAL PULSE GENERATOR	手轮进给	控制手轮进给的大小
E-STOP	紧急停止	危险时按下紧急停止

4.3.2　开机回参考点

（1）开机

打开外部电源开关,启动机床电源,将操作面板上的紧急停止按钮右旋弹起,按下操作面板上的电源开关,若开机成功,显示屏显示正常,无报警。

（2）机床回参考点

机床只有在回参考点之后,才能正确的建立机床坐标系,自动方式和 MDI 方式才有效,未回参考点之前只能手动操作。一般在以下情况需要进行回参考点操作,以建立正确的机床坐标系:

1）开机后;

2）机床断电后再次接通数控系统电源;

3）超过行程报警解除以后;

4）紧急停止按钮按下后。

回参考点操作过程如下:

1）选择手动回参考点模式;

2）调整进给速度倍率开关于适当位置;

3）先按下坐标轴的正方向键 +Z,坐标轴向参考点运动,当到达参考点后运动自然停止,屏幕显示参考点符号,此时坐标显示中 Z 机械坐标为零,Z 向指示灯亮。

4）依次完成 X 或 Y 轴回参考点,最后是回转坐标回原点,即按 +Z，+X，+Y，+A 的顺序操作。

4.3.3 手动操作

(1)主轴控制

1)连续运转

在手动模式下,按下主轴正、反转键,主轴按设定的速度旋转,按停止键主轴则停止,也可以按复位键停止主轴。

2)在自动和 MDI 方式下编入 M03,M04,M05 可实现如上的连续控制。

(2)坐标轴的运动控制

1)手轮微调操作

①首先进入手轮微调操作模式,再选择移动量和要移动的坐标轴。

②然后按正确的方向摇动手动脉冲发生器手轮。

③根据坐标显示确定是否达到目标位置。

2)连续进给

选择手动模式,则按下任意坐标轴运动键即可实现该轴的连续进给(进给速度可以设定),释放该键,运动停止。

3)快速移动

按下快速移动键,则可实现该轴的快速移动,运动速度为 G00 所设定速度。

4.3.4 工件刀具安装

(1)所用工具

在数控铣床上常用的夹具类型有通用夹具、组合夹具、专用夹具、成组夹具等,在选择时要综合考虑各种因素,选择最经济、合理的夹具。

常用夹具有:

1)螺钉压板

利用 T 形槽螺栓和压板将工件固定在机床工作台上即可。装夹工件时,需根据工件装夹精度要求,用百分表等找正工件。

2)机用虎钳

形状比较规则的零件铣削时常用虎钳装夹,方便灵活,适应性广。当加工精度要求较高,需要较大的夹紧力时,可采用较高精度的机械式或液压式虎钳。虎钳在数控铣床工作台上的安装要根据加工精度要求控制钳口与 X 或 Y 轴的平行度,零件夹紧时要注意控制工件变形和一端钳口上翘。

3)铣床用卡盘

当需要在数控铣床上加工回转体零件时,可以采用三爪卡盘装夹,对于非回转零件可采用四爪卡盘装夹。铣床用卡盘的使用方法与车床卡盘相似,使用时用 T 形槽螺栓将卡盘固定在机床工作台上即可。

注意事项:

安装工件时,应保证工件在本次定位装夹中所有需要完成的待加工面充分暴露在外,以方便加工,同时考虑机床主轴与工作台面之间的最小距离和刀具的装夹长度,确保在主轴的行程范围内能使工件的加工内容全部完成;夹具在机床工作台上的安装位置必须给刀具运动轨迹留有空间,不能和各工步刀具轨迹发生干涉。夹点数量及位置不能影响刚性。

使用刀具时,首先应确定数控铣床要求配备的刀柄及拉钉的标准和尺寸(这一点很重要,一般规格不同无法安装),根据加工工艺选择刀柄、拉钉和刀具,并将它们装配好,然后装夹在数控铣床的主轴上。

(2)**手动换刀过程**

手动在主轴上装卸刀柄的方法如下:

1)确认刀具和刀柄的重量不超过机床规定的许用最大重量;

2)清洁刀柄锥面和主轴锥孔;

3)左手握住刀柄,将刀柄的键槽对准主轴端面键垂直伸入到主轴内,不可倾斜;

4)右手按下换刀按钮,压缩空气从主轴内吹出以清洁主轴和刀柄,按住此按钮,直到刀柄锥面与主轴锥孔完全贴合后,松开按钮,刀柄即被自动夹紧,确认夹紧后方可松手;

5)刀柄装上后,用手转动主轴检查刀柄是否正确装夹;

6)卸刀柄时,先用左手握住刀柄,再用右手按换刀按钮(否则刀具从主轴内掉下,可能会损坏刀具、工件和夹具等),取下刀柄。

注意事项:

应选择有足够刚度的刀具及刀柄,同时在装配刀具时保持合理的悬伸长度,以避免刀具在加工过程中产生变形。卸刀柄时,必须要有足够的动作空间,刀柄不能与工作台上的工件、夹具发生干涉。换刀过程中严禁主轴运转。

4.3.5　对刀操作

(1)**对刀**

对刀的目的是通过刀具或对刀工具确定工件坐标系与机床坐标系之间的空间位置关系,并将对刀数据输入到相应的存储位置。它是数控加工中最重要的操作内容,其准确性将直接影响零件的加工精度。

对刀操作分为 X,Y 向对刀和 Z 向对刀。

1)对刀方法

根据现有条件和加工精度要求选择对刀方法,可采用试切法、寻边器对刀、机内对刀仪对刀、自动对刀等。其中试切法对刀精度较低,加工中常用寻边器和 Z 向设定器对刀,效率高,能保证对刀精度。

2)对刀工具

下面主要介绍两种常见对刀工具。

①寻边器

寻边器主要用于确定工件坐标系原点在机床坐标系中的 X,Y 值,也可以测量工件的简单尺寸。

寻边器有偏心式和光电式等类型,其中以光电式较为常用。光电式寻边器的测头一般为 10mm 的钢球,用弹簧拉紧在光电式寻边器的测杆上,碰到工件时可以退让,并将电路导通,发出光讯号,通过光电式寻边器的指示和机床坐标位置即可得到被测表面的坐标位置,具体使用方法见下述对刀实例。

②Z 轴设定器

Z轴设定器主要用于确定工件坐标系原点在机床坐标系的Z轴坐标,或者说是确定刀具在机床坐标系中的高度。

Z轴设定器有光电式和指针式等类型,通过光电指示或指针判断刀具与对刀器是否接触,对刀精度一般可达0.005mm。Z轴设定器带有磁性表座,可以牢固地附着在工件或夹具上,其高度一般为50mm或100mm,如图4.22所示。

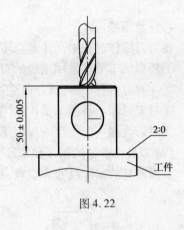

图 4.22

3)对刀步骤

如图4.23所示零件,采用寻边器对刀,其详细步骤如下:

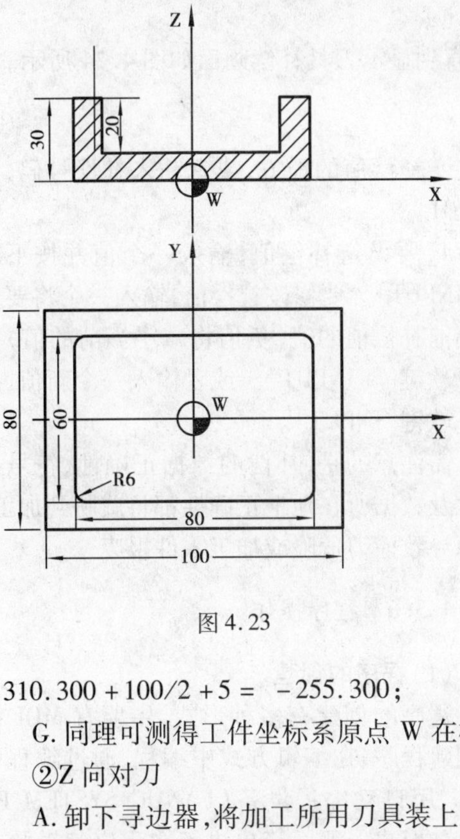

图 4.23

①X,Y向对刀

A.将工件通过夹具装在机床工作台上,装夹时,工件的四个侧面都应留出寻边器的测量位置。

B.快速移动工作台和主轴,让寻边器测头靠近工件的左侧;

C.改用微调操作,让测头慢慢接触到工件左侧,直到寻边器发光,记下此时机床坐标系中的X坐标值,如 −310.300;

D.抬起寻边器至工件上表面之上,快速移动工作台和主轴,让测头靠近工件右侧;

E.改用微调操作,让测头慢慢接触到工件右侧,直到寻边器发光,记下此时机械坐标系中的X坐标值,如 −200.300;

F.若测头直径为 10mm,则工件长度为 $-200.300-(-310.300)-10=100$,据此可得工件坐标系原点 W 在机床坐标系中的 X 坐标值为 $-310.300+100/2+5=-255.300$;

G.同理可测得工件坐标系原点 W 在机械坐标系中的 Y 坐标值。

②Z向对刀

A.卸下寻边器,将加工所用刀具装上主轴;

B.将 Z 轴设定器(或固定高度的对刀块,以下同)放置在工件上平面上;

C.快速移动主轴,让刀具端面靠近 Z 轴设定器上表面;

D.改用微调操作,让刀具端面慢慢接触到 Z 轴设定器上表面,直到其指针指示到零位;

E.记下此时机床坐标系中的 Z 值,如 −250.800;

F.若 Z 轴设定器的高度为 50mm,则工件坐标系原点 W 在机械坐标系中的 Z 坐标值为 $-250.800-50-(30-20)=-310.800$。

③将测得的 X,Y,Z 值输入到机床工件坐标系存储地址中(一般使用 G54 ~ G59 代码存储对刀参数),加工时调用此地址中数据建立工件坐标系。

4）注意事项

在对刀操作过程中需注意以下问题：

①根据加工要求采用正确的对刀工具，控制对刀误差；

②在对刀过程中，可通过改变微调进给量来提高对刀精度；

③对刀时需小心谨慎操作，尤其要注意移动方向，避免发生碰撞危险；

④对刀数据一定要存入与程序对应的存储地址，防止因调用错误而产生严重后果。

（2）刀具补偿值的输入和修改

根据刀具的实际尺寸和位置，将刀具半径补偿值和刀具长度补偿值输入到与程序对应的存储位置。

1）按下功能键 OFFSET SETING 。

2）按下软键［OFFSET］或者多次按下 OFFSET SETING 键直到显示刀具补偿画面如图 4.24 所示。

画面的变化取决于刀具偏置存储器的类型。

3）通过页面键和光标键将光标移到要设定和改变补偿值的地方，或者输入补偿号码，在这个号码中设定或者改变补偿值并按下软键［NO. SRH］。

OFFSET			O0001 N00000	
NO	GEOM(H)	WEAR(H)	GEOM(D)	WEAR(D)
001		0.000	0.000	0.000
002	−1.000	0.000	0.000	0.000
003	0.000	0.000	0.000	0.000
004	20.000	0.000	0.000	0.000
005	0.000	0.000	0.000	0.000
006	0.000	0.000	0.000	0.000
007	0.000	0.000	0.000	0.000
008	0.000	0.000	0.000	0.000

ACTUAL POSITION（RELATIVE）

X　0.000　　　　Y　　0.000

Z　0.000

＞

MDI…………　　　　　16：05：59

OFFSET］［SETING］［WORK］［　　］［（OPRT）］

图 4.24　刀具补偿界面（OFFSET）

1）进入编辑方式；

2）按下 PROG 键；

3）按下地址键 O，输入程序号；

4）按下 INSERT 键建立一个新程序；

4）要设定补偿值，输入一个值并按下软键［INPUT］。要修改补偿值，输入一个将要加到当前补偿值的值（负值将减小当前的值）并按下软键［＋INPUT］。或者输入一个新值，并按下软键［INPUT］。

需注意的是，补偿的数据正确性、符号正确性及数据所在地址正确性都将威胁到加工，从而导致撞刀危险或加工零件报废。

4.3.6　程序操作

（1）程序的创建

程序的创建有多种形式，主要有 MDI 键盘创建程序、在编辑方式中编程、通过编程引导 0i、用自动编程设备（FANUC SYSTEM P）等几种形式。下面简单讲解在程序编辑状态下用 MDI 方式创建程序的步骤：

5)输入加工程序内容。

(2)程序的调试

程序的调试是在数控铣床上运行该程序,根据机床的实际运动位置、动作以及机床的报警等来检查程序是否正确。一般可以采用以下方式:

1)机床的程序预演功能

程序输入完以后,把机械运动、主轴运动以及 M,S,T 等辅助功能锁定,在自动循环模式下让数控铣床静态地执行程序,通过观察机床坐标位置数据和报警显示判断程序是否有语法、格式或数据错误。

2)抬刀运行程序

将刀具向 + Z 方向抬起到一定的安全高度,在自动循环模式下运行程序,通过图形显示的刀具运动轨迹和坐标数据等判断程序是否正确。

(3)自动运行

确定程序及加工参数正确无误后,选择自动加工模式,按下数控启动键运行程序,对工件进行自动加工。

注意事项:

程序运行前要做好加工准备,遵守安全操作规程,严格执行工艺规程。正确调用及执行加工程序。在程序运行过程中,适当调整主轴转速和进给速度,并注意监控加工状态,随时注意中断加工。程序执行完毕后,返回到设定高度,机床自动停止,松开夹具,卸下工件,用相应测量工具进行检测,检查是否达到加工要求。

4.3.7 零件检测

程序执行完毕后,返回到设定高度,机床自动停止,松开夹具,卸下工件,用相应测量工具进行检测,检查是否达到加工要求。

数控铣削加工零件的检测,一般常规尺寸仍可使用普通的量具进行测量,如游标卡尺、内径百分表等,也可以采用投影仪测量;而高精度尺寸、空间位置尺寸、复杂轮廓和曲面的检验则只有采用三坐标测量机才能完成。

4.3.8 关机

手动操纵机床,使工作台和主轴箱停在中间适当位置,确定各动作已经结束,先按下操作面板上的紧急停止按钮,再依次关掉操作面板电源、机床总电源、外部电源。

4.4 数控铣床编程与加工实例

4.4.1 钻孔加工

如图 4.25 所示,加工零件上各孔。

1)分析:零件上有 37 个孔,并且成有规律排列。

2)加工坐标原点:X 中间孔

Y 中间孔

Z 距离零件上表面 100mm。

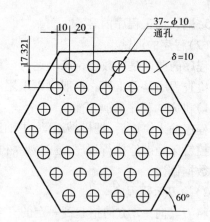

图 4.25

3）程序编制：

O0001；

N01　G90 G80 G92 X0 Y0 Z100；

N02　G00 X－50 Y51.963 S800 M03；

N03 Z20 M08 F40；

N04 G91 G81 G99 X20 Z－18 R－17 L4；

N05 X10 Y－17.321；

N06 X－20 L4；

N07 X－10 Y－17.321；

N08 X20 L5；

N09 X10 Y17.321

N10 X－20 L6；

N11 X10 Y－17.321；

N12 X20 L5；

N13 X－10 Y－17.321；

N14 X－20 L4；

N15 X10 Y－17.321；

N16 X20 L3；

N17 G80 M09；

N18 G90 G00 Z100；

N19 X0 Y0 M05；

N20 M30；

4.4.2　轮廓加工

如图 4.26 所示，零件厚度 5mm，要求精加工其外轮廓。

（1）工艺分析

由图可知，各孔已加工完，各边都留有 5mm 的余量。铣削时以其底面和 2－ϕ10H8 的孔定位，从 ϕ60mm 孔对工件进行压紧。在编程时，工件坐标系原点定在工件左下角 A 点（如图 4.25 所示），现以 ϕ10mm 立铣刀进行轮廓加工，对刀点在工件坐标系中的位置为（－25，10，40），刀具的切入点为 B 点，刀具中心的走刀路线为：对刀点—B—C—D—E—F—G—H—A—B—对刀点。该零件的特点是形状比较简单，数值计算比较方便。现按轮廓编程，根据图计算各基点及圆心点坐标如下：

A（0，0）　B（0，40）　C（14.96，70）　D（43.54，70）　E（102，64）

F（150，40）　G（170，40）　H（170，0）　O1（70，40）　O2（150，100）

（2）程序编制

O0002；

N01 G92 X－25.0 Y10.0 Z40.0；

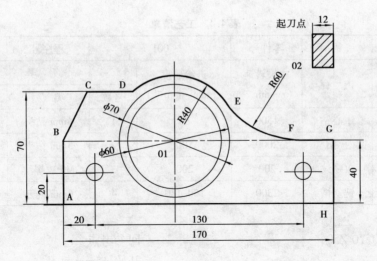

图 4.26

N02 G90 G00 Z – 16.0 S300 M03；

N03 G41 G01 X0 Y40.0 F100 D01 M08；

N04 X14.96 Y70.0；

N05 X43.54；

N06 G02 X102.0 Y64.0 I26.46 J – 30.0；

N07 G03 X150.0 Y40.0 I48.0 J36.0；

N08 G01 X170.0；

N09 Y0；

N10 X0 ；

N11 Y40.0；

N12 G00 G40 X – 25.0 Y10.0 Z 40.0 M09；

N13 M05 ；

N14 M30 ；

4.4.3 挖槽综合加工

零件如图 4.27 所示的槽形零件，其毛坯为四周已加工的铝锭（厚为 20mm），槽宽 6mm，槽深 2mm。

（1）工艺和操作清单

该槽形零件除了槽的加工外，还有螺纹孔的加工。其工艺安排为"钻孔→扩孔→攻螺纹→铣槽"，工艺和操作清单见表 4.4。

（2）程序清单及说明

程序 O0010；　　　　说明

N10 G21 G54；　　　　设定单位为 mm

N20 G40 G49 G80 ；　　取消刀补和循环加工

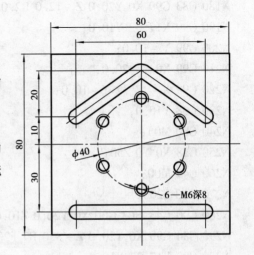

图 4.27 槽形零件

83

表4.4　工艺清单

材　料	铝	零件号	001		程序号	0030
操作序号	内　容	主轴转速 /(r·min^{-1})	进给速度 /(mm·min^{-1})	刀　具		
				号数	类　型	直径/mm
1	中心钻	1500	80	1	4mm 钻头	4
2	扩钻	2000	100	.2	5mm 钻头	5
3	攻螺纹	200	200	3	M6 攻螺纹	6
4	铣斜槽	2300	100,180	4	6mm 铣刀	6

N30 G28 X0 Y0 Z50；　　　　　　　　　　　　　回参考点

N40 M00；　　　　　　　　　　　　　　　　　开始 ϕ5mm 钻孔

N50 M03 S1500；

N60 G90 G43 H01 G00 X0 Y20.0 Z10.0；　　　　快速进到 R 点,建立长度补偿

N70 G81 G99 X0 Y20.0 Z－7.0 R2.0 F80；　　　G81 循环钻孔,孔深7mm,返回 R 点

N80 G99 X17.32 Y10.0；

N90 G99 Y－10.0；

N100 G99 X0 Y－20.0；

N110 G99 X－17.32 Y－10.0；

N120 G98 Y10.0；

N130 G80 M05；　　　　　　　　　　　　　　取消循环钻孔指令、主轴停

N140 G28 X0 Y0 Z50；　　　　　　　　　　　回参考点

N150 G49 M00；　　　　　　　　　　　　　　开始扩孔

N160 M03 S2000；

N170 G90 G43 H02 G00 X0 Y20.0 Z10.0；

N180 G83 G99 X0 Y20.0 Z－12.0 R2.0 Q7.0 F100；　　G83 循环扩孔

N190 G99 X17.32 Y10.0；

N200 G99 Y－10.0；

N210 G99 X0 Y－20.0；

N220 G99 X－17.32 Y－10.0；

N230 G98 Y10.0；

N240 G80 M05；　　　　　　　　　　　　　　取消循环扩孔指令、主轴停

N250 G28 X0 Y0 Z50；

N260 G49 M00；　　　　　　　　　　　　　　开始攻螺纹

N270 M03 S200；

N280 G90 G43 H03 G00 X0 Y20.0 Z10.0；

N290 G84 G99 X0 Y20.0 Z－8.0 R7 F200；　　　G84 循环攻螺纹

N300 G99 X17.32 Y10.0；

N305 G99 Y－10；

N310 G99 X0 Y－20.0；
N320 G99 X－17.32 Y－10.0；
N330 G98 Y10.0；
N340 G80 M05；　　　　　　　　　　　取消螺纹循环指令、主轴停
N350 G28 X0 Y0 Z50；
N360 G49 M00；　　　　　　　　　　　铣槽程序
N370 M03 S2300；
N380 G90 G43 G00 X－30.0 Y10.0 Z10.0 H04；
N390 Z2.0；
N400 G01 Z0 F180；
N410 X0 Y40.0 Z－2.0；
N420 X30.0 Y10.0 Z0；
N430 G00 Z2.0；
N440 X－30.0 Y－30.0；
N450 G01 Z－2.0 F100；
N460 X30.0；
N470 G00 Z10.0 M05；
N480 G28 X0 Y0 Z50；
N490 M30；

思考与练习题

4.1　数控铣床的主要功能是什么？

4.2　数控铣床的加工工艺范围有哪些？

4.3　加工整圆时应采用什么编程指令？试写出程序段的格式。

4.4　什么是机床参考点？回机床参考点的意义是什么？

4.5　什么是刀具长度补偿？长度补偿的意义是什么？

4.6　什么是刀具半径补偿？半径补偿的意义是什么？

4.7　孔加工固定循环的基本格式是什么？简述各参数功能。

4.8　机床一般在什么情况下需做回参考点操作。

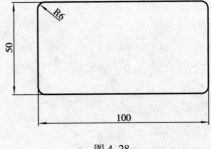

图 4.28

4.9　简述数控铣床寻边器对刀步骤。

4.10　如图 4.28 所示某工件的一个凹槽,槽深为 5mm,试编制该槽精加工程序。

4.11　如图 4.29 所示工件,加工 4 个导柱孔,孔直径为 ϕ20mm,通孔。试编制该孔精加工程序。

4.12 如图 4.30 所示零件,四个沉孔已经先用 $\phi21mm$ 的钻头钻好了通孔。需要加工 4 个 $\phi30mm \sim \phi22mm$ 的沉孔,沉孔要求表面粗糙度为 0.63,要求沉孔底面平整,试编制其加工程序。

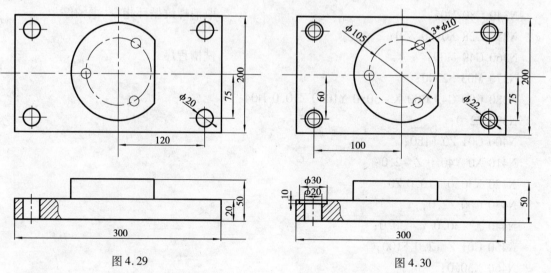

图 4.29

图 4.30

第 **5** 章

数控加工中心编程与操作

5.1　加工中心加工概述

5.1.1　加工中心的主要功能

加工中心(Machining center)是一种集成化的数控加工机床,是在数控铣床的发展基础上衍化而成的,集铣削、钻削、铰削、镗削及螺纹切削等工艺于一体,通常称为镗铣类加工中心,习惯称为加工中心。加工中心配备刀库和自动换刀装置,除具备数控铣床基本功能外还具备以下功能:

1)定位主轴功能　为实现加工中心自动换刀动作,主轴必须准确的停止在固定的位置,以实现准确快速换刀。

2)数控系统可方便地实现可编程零点偏置、可编程旋转、可编程缩放和可编程镜像等指令,使编程简化、加工功能大为扩展。

3)在加工中心上增加数控回转工作台,能实现四轴以上的联动,对于形状复杂的零件可方便加工。

5.1.2　加工中心加工工艺范围

针对加工中心的工艺特点,加工中心适合于加工形状复杂、加工工序多、精度要求较高、需要用多种类型的普通机床和众多的工艺装备,且经过多次装夹和调整才能完成加工的零件,主要加工范围如下。

（1）既有平面又有孔系的零件

加工中心具有自动换刀装置,在一次装夹中,可以完成零件上平面的铣削、孔系的钻削、镗削、铰削及螺纹切削等多道工序。是加工中心的首选加工对象,如图5.1所示。

（2）结构形状复杂、普通机床难以加工的零件

主要表面是由复杂曲线、曲面组成的零件加工时,需要多坐标联动加工,这在普通机床上很难甚至是无法加工的,加工中心是这类零件的最佳设备,如图5.2所示。

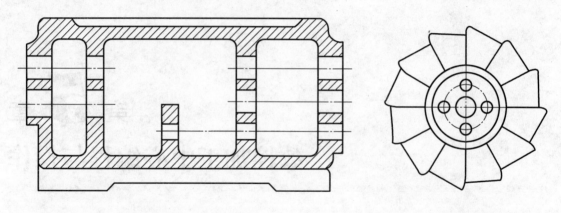

图 5.1　平面类零件　　　　　　　　　　　图 5.2　曲面类零件

（3）**外形不规则的异形零件**

异形零件指支架、拨叉这一类外形不规则的零件，大多要点、线、面多工位混合加工，由于外形不规则，在普通机床上只能采用工序分散的原则加工，需要工装较多，周期长，利用加工中心可方便加工。

5.2　加工中心的基本编程方法

配备 FANUC OI—MB 系统由南通机床厂生产的 XH—713A 立式加工中心，其大部分指令字功能与上一章中数控铣床基本相同，在此不再赘述。下面仅对几种特殊指令进行讲解。

（1）**跳转功能 G31**

在 G31 指令之后执行轴移动，在该指令执行期间，如果输入一个外部跳转信号，则中断指令的执行，转而执行下一个程序段。

指令格式：G31　　一个程序段　；　　　　　在此处进行跳转执行下一程序段

　　　　　　　　　下一程序段　；

如图 5.3 所示，为一跳转加工程序执行路线。

　　G31　G90 X200.0 F100.0；

　　　　　X300.0 Y100.0；

（2）**极坐标指令 G15/G16**

在编程中终点的坐标值可以用极坐标（半径和角度）输入，角度的正方向是沿坐标平面逆时针旋转的方向，负方向是沿顺时针旋转的方向。

指令格式：G17/G18/G19　　G90/G91　　G16；　　　启动极坐标指令

　　　　　　　G90/G91　　极坐标半径和角度　；

　　　　　　　G15；　　　　　　　　　　　　　取消极坐标指令

其中：

G90：指定工件坐标系的原点作为极坐标系的原点，从该点测量半径；

G91：指定当前位置作为极坐标系的原点，从该点测量半径。

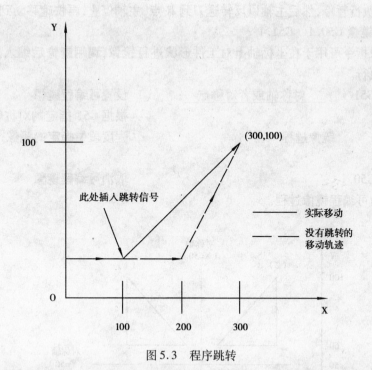

图 5.3　程序跳转

极坐标半径和角度:在加工平面内选择轴的半径和角度,第一轴指定极坐标半径,第二轴指定极坐标角度。

举例:

N01 G17 G90 G16; 　　　　　　　　　　　　指定极坐标选择 XY 平面,设定工件坐标系的零点作为极坐标的原点。

N02 G81 X100. Y30. Z－20. R－5. F200. ; 　　指定 100mm 的半径和 30 度的角度。

N03 Y150. ; 　　　　　　　　　　　　　　指定 100mm 的半径和 150 度的角度。

N04 Y270. ; 　　　　　　　　　　　　　　指定 100mm 的半径和 270 度的角度。

N05 G15 G80; 　　　　　　　　　　　　　取消极坐标指令。

(3)**刚性攻丝** G84

此指令用于刚性攻丝。所谓刚性攻丝就是加工中心的主轴带有位置检测装置,在攻丝时,主轴能根据螺纹导程和主轴转速自动确定 Z 轴的进给速度。

指令格式:G84 X_Y_Z_R_P_F_K_;

其中:

X,Y:孔的位置

Z:从 R 点到孔底的距离和孔底的位置

R:从初始位置到 R 点的距离

P:在孔底的暂停时间

F:切削进给速度

K:重复次数

当刀具沿 X 和 Y 轴定位后,执行快速移动到 R 点,从 R 点到 Z 点执行攻丝。当攻丝完成时,主轴停止并执行暂停,然后主轴以反转退刀到 R 点,主轴停止,再快速移动到初始位置。

(4)**可编程镜像** G50.1　G51.1

可编程镜像指令可用于在坐标轴上对工件形状进行镜像,调用镜像后编入的所有快速移动均在镜像上执行。

指令格式:G51.1 　　对称轴或者对称点　;　　　　　设置可编程镜像

　　　　　·　　　　　　　　　　　　　　　　　　　根据 G51 指定的对称轴完成在这些

　　　　　·　　　镜像过程　　　　　　　　　　　程度段中指定的镜像

　　　　　·

　　　　　G50.1　;　　　　　　　　　　　　　　　取消可编程镜像

如图 5.4 为可编程镜像过程。

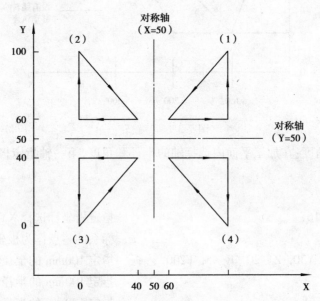

(1)程序编制的图像
(2)该图像的对称轴与Y平行,并与X在X=50处相交
(3)图像对称在点(50,50)
(4)该图像的对称轴与X平行,并与Y在Y=50处相交

图 5.4　可编程镜像

(5)**刀库复位指令** M33

加工中心中如果出现刀库乱号的情况下使用此指令,利用手动操作按钮使 1 号刀位对准主轴位置,然后进入 MDI 方式下输入 M33 执行。则实现刀库复位。

(6)**换刀指令** M98 P9000

此指令等同于其他控制系统的 M06 指令,自动换刀时执行此指令。

指令格式:M98 P9000 T 　刀具号　;

其中:P9000 为机床设定的自动换刀子程序,M98 为调用此换刀程序。

5.3 加工中心的基本操作

本章以南通机床厂生产的配有 FANUC OI—MB 系统的 XH713A 加工中心讲解。机床定位精度达到 ±0.013mm，重复定位精度达到 ±0.005mm，主轴最高转速 8000r/min，刀库容量 16 把，具有图形显示功能。机床外形如图 5.5。

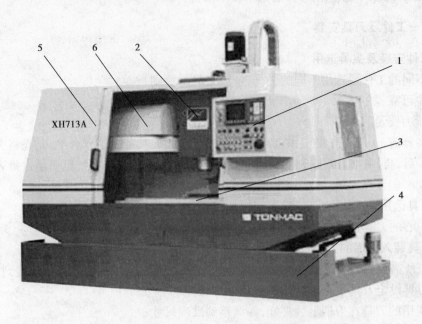

图 5.5 XH713A 外形图

1—机床操作面板；2—主轴；3—工作台；4—冷却油箱；5—防护罩；6—刀库

5.3.1 操作面板及其功能应用

此操作面板与前一章节介绍的 XK713A 数控铣床操作面板基本相似，其功能也基本相同，在此不再赘述。不同的是在机床操作面板上增加了刀库的正反转控制按钮，可在手动运行模式下实现刀库的正反转。

5.3.2 开机及回参考点

（1）开机

1）首先合上机床总电源开关；

2）开稳压器、气源等辅助设备电源开关；

3）开加工中心控制柜总电源；

4）将紧急停止按钮右旋弹出，开操作面板电源，直到机床准备不足报警消失，则开机完成。

（2）机床回原点

开机后首先应回机床原点,将模式选择开关选到回零上,再选择快速移动倍率开关到合适倍率上,选择各轴依次回原点。

（3）注意事项

1）在开机之前要先检查机床状况有无异常,润滑油是否足够等,如一切正常,方可开机;

2）回原点前要确保各轴在运动时不与工作台上的夹具或工件发生干涉;

3）回原点时一定要注意各轴运动的先后顺序;

4）气压必须达到规定要求,否则机床提示报警。

5.3.3　工件及刀具安装

（1）工件安装及夹具选用

根据不同的工件要选用不同的夹具,选用夹具的原则:

1）定位可靠;

2）夹紧力要足够。

安装夹具前,一定要先将工作台和夹具清理干净。夹具装在工作台上,要先将夹具通过量表找正找平后,再用螺钉或压板将夹具压紧在工作台上。安装工件时,也要通过量表找正找平工件。

（2）刀具选用

加工中心的刀具选用与数控铣床基本类似,在此不再赘述。

（3）刀具装入刀库的方法及操作

当加工所需要的刀具比较多时,要将全部刀具在加工之前根据工艺设计放置到刀库中,并给每一把刀具设定刀具号码,然后由程序调用。具体步骤如下:

1）将需用的刀具在刀柄上装夹好,并调整到准确尺寸;

2）根据工艺和程序的设计将刀具和刀具号一一对应;

3）通过正反转将刀库位置调整好;

4）手动输入并执行“T01M98 P9000;”;

5）手动将 1 号刀具装入主轴,此时主轴上刀具即为 1 号刀具;

6）手动输入并执行“ T02 M98 P9000;”此时 1 号刀进入刀库 1 号位置;

7）手动将 2 号刀具装入主轴,此时主轴上刀具即为 2 号刀具;

8）其他刀具按照以上步骤依次放入刀库。

（4）注意事项

将刀具装入刀库中应注意以下问题:

1）装入刀库的刀具必须与程序中的刀具号一一对应,否则会损伤机床和加工零件;

2）只有将刀库复位,才能将主轴上的刀具装入刀库,或者将刀库中的刀具调在主轴上;

3）交换刀具时,主轴上的刀具不能与刀库中的刀具号重号。比如主轴上已是“ 1”号刀具,则不能再从刀库中调“ 1”号刀具。

5.3.4　对刀操作

（1）对刀

对刀方法与具体操作同 XK713A 数控铣床。

（2）刀具长度补偿设置

加工中心上使用的刀具很多，每把刀具的长度和到 Z 坐标零点的距离都不相同，这些距离的差值就是刀具的长度补偿值，在加工时要分别进行设置，并记录在刀具明细表中，以供机床操作人员使用。一般有两种方法：

1）机内设置

这种方法不用事先测量每把刀具的长度，而是将所有刀具放入刀库中后，采用 Z 向设定器依次确定每把刀具在机床坐标系中的位置，具体设定方法又分两种。

第一种方法　将其中的一把刀具作为标准刀具，找出其他刀具与标准刀具的差值，作为长度补偿值。具体操作步骤如下：

①将所有刀具放入刀库，利用 Z 向设定器确定每把刀具到工件坐标系 Z 向零点的距离，如图 5.6 所示的 A，B，C，并记录下来；

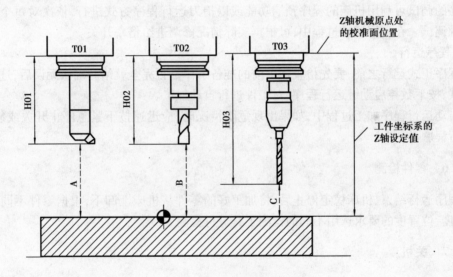

图 5.6　刀具长度补偿

②选择其中一把最长（或最短）、与工件距离最小（或最大）的刀具作为基准刀，如图 5.2 中的 T03（或 T01），将其对刀值 C（或 A）作为工件坐标系的 Z 值，此时 H03 = 0；

③确定其他刀具相对基准刀的长度补偿值，即 H01 = ± | C – A |，H02 = ± | C – B |，正负号由程序中的 G43 或 G44 来确定；

④将获得的刀具长度补偿值对应刀具和刀具号输入到机床中。

第二种方法　将工件坐标系的 Z 值输为 0，调出刀库中的每把刀具，通过 Z 向设定器确定每把刀具到工件坐标系 Z 向零点的距离，直接将每把刀具到工件零点的距离值输到对应的长度补偿值代码中。正负号由程序中的 G43 或 G44 来确定。

2）机外刀具预调结合机上对刀

这种方法是先在机床外利用刀具预调仪精确测量每把在刀柄上装夹好的刀具的轴向和径

向尺寸,确定每把刀具的长度补偿值,然后在机床上用其中最长或最短的一把刀具进行 Z 向对刀,确定工件坐标系。这种方法对刀精度和效率高,便于工艺文件的编写及生产组织。

（3）**刀具半径补偿设置**

进入刀具补偿值的设定页面,移动光标至输入值的位置,根据编程指定的刀具,键入刀具半径补偿值,按 INPUT 键完成刀具半径补偿值的设定。进入刀具补偿界面具体操作同 XK713A 数控铣床。

5.3.5　程序操作

（1）**程序输入**

程序的输入有多种形式,可通过手动数据输入方式（MDI）、程序编辑或通信接口将加工程序输入机床,也可实行在线加工。

（2）**程序调试**

由于加工中心的加工部位比较多,使用的刀具也比较多。为方便加工程序的调试,一般根据加工工艺的安排,针对每把刀具将各个加工部位的加工内容编制为子程序,而主程序主要包含换刀命令和子程序调用命令。

程序的调试可利用机床的程序预演功能或以抬刀运行程序方式进行,依次对每个子程序进行单独调试。在程序调试过程中,可根据实际情况修调进给倍率开关。

（3）**程序运行**

在程序正式运行之前,要先检查加工前的准备工作是否完全就绪。确认无误后,选择自动加工模式,按下数控启动键运行程序,对工件进行自动加工。

在自动运行程序加工过程中,如果出现危险情况时,应迅速按下紧急停止开关或复位键,终止运行程序。

5.3.6　零件检测

待程序运行结束、机床稳定停止后,将加工好的零件从机床上卸下,根据零件不同尺寸精度、粗糙度、位置度的要求选用不同的检测工具进行检测。

5.3.7　关机

零件加工完成后,清理现场,再按照与开机相反的顺序依次关闭电源。

5.4　加工中心编程与加工实例

在预先处理好的 100mm × 100mm × 100mm 合金铝锭毛坯上加工图 5.7 所示的零件,其中正五边形外接圆直径为 80mm。

（1）**工艺分析**

本例中毛坯较为规则,采用平口钳装夹即可,选择以下 3 种刀具进行加工:1 号刀为 ϕ20mm 两刃立铣刀,用于粗加工;2 号刀为 ϕ10mm 中心钻,用于打定孔位;3 号刀为 ϕ10mm 钻头,用于加工孔。通过测量刀具,设定补偿值用于刀具补偿。该零件的加工工艺为:加工

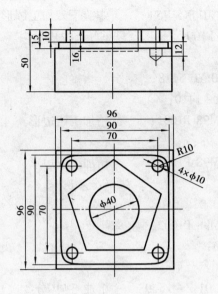
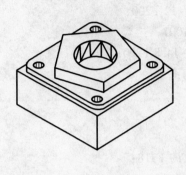

图 5.7　零件图

$90\text{mm} \times 90\text{mm} \times 15\text{mm}$ 的四边形→加工五边形→加工 $\phi 40\text{mm}$ 的内圆→精加工四边形、五边形、$\phi 40\text{mm}$ 的内圆→加工 4 个 $\phi 10\text{mm}$ 的孔。

（2）编程说明

手工编程时应根据加工工艺编制加工的主程序，零件的局部形状由子程序加工。该零件由 1 个主程序和 5 个子程序组成，其中，P1001 为四边形加工子程序，P1002 为五边形加工子程序，P1003 为圆形加工子程序，P9888 为中心孔加工子程序，P9777 为加工孔子程序。

（3）程序清单

程序	说明	程序	说明
O9944；	主程序名	M98 P1001	
G49 G40；	取消刀具长度补偿和半径补偿	N12 G01 Z－4；	
G92 X0 Y0 Z10；	坐标系定位	G40；	
N10 M98 P9000 T01；	换 1 号刀具	M98 P1002；	调用子程序（加工五边形，分 3 次）
S796 M03 M08；	主轴转动、打开切削液	G01 Z－8；	
Y－60.0；	移动到开始加工位置	M98 P1002；	
Z5.0；		Z－9.8；	
N20 G01 Z－4 F200；	开始加工（粗加工）	N30 M98 P1002；	
M98 P1001；		Z10.0；	
G01 Z－8 F200；		X0 Y0；	

M98 P1001；

G01 Z－12 F200；

M98 P1001；

G01 Z－14.8 F200；

G01 X0；

Z10.0；

G01 X－5 Y－5

Z－4；

X14.0 Y0 F318；

G03 I－14.0；

G00 X0；

Z10.0；

G01 X5 Y5 Z－6；

X14.0 Y0 F318；

G03 I－14.0；

G00 X0；

Z10.0；

G01 X－5 Y－5

Z－8；

X14.0 Y0 F318；

G03 I－14.0；

G00 X0；

Z10.0；

G01 X5 Y5 Z－10；

X14.0 Y0 F318；

G03 I－14.0；

G00 X0；

Z10.0；

G01 X－5 Y－5

Z－12；

X14.0 Y0 F318；

G03 I－14.0；

G00 X0；

Z10.0；

N40 G01 X5 Y5 Z－2 F100；	螺旋下刀加工圆形 （分7次）
X14.0 Y0 F118；	
G03 I－14.0；	
N60 M98 P1001；	精加工四边形
Z－9.98；	
N65 M98 P1002；	精加工五边形 （分2次）
Z－10.0；	
N70 M98 P1002；	
Z10.0；	
X0 Y0；	
N75 G01 Z－15.98 F200；	精加工圆（分2次）
M98 P1003；	
Z－16.0；	
N80 M98 P1003；	
G00 Z100.0；	
N85 M98 P9000 T02；	换2号刀具加工定位孔
G01 X0 Y0 Z10；	
G90 G01 X－35 Y－35 F200；	
M98 P9888；	
Y35.0；	
M98 P9888；	
X35.0；	
M98 P9888；	
Y－35.0；	
M98 P9888；	
N90 M98 P9000 T04；	换4号刀具加工孔
G90 G01 X0 Y0 Z10 F200；	
G01 X－35 Y－35；	

G01 Z – 15.8 F200;
X14.0 Y0 F318;
G03 I – 14.0;
G00 X0;
Z10.0;
G00 X0 Y0;
N50 M06 T02;
X0 Y – 60.0 Z5.0;
G01 G41 Z – 15.0
D2 F200;

G03 X0 Y – 45.0
R15.0;

G01 X – 35.0;
G02 X – 45.0
Y – 35.0 R10.0;
G01 Y35.0;
G02 X – 35.0
Y45.0 R10.0;

G01 X35.0;

G02 X45.0 Y35.0
R10.0;
G01 Y – 35.0;
G02 X35.0
Y – 45.0 R10.0;
G01 X0;
G03 X – 15.0
Y – 60.0 R15.0;

G01 X0;
M99;
O1002;　　　　　五边形子程序
G90 G01 X28.056;
G03 X0 Y – 31.944
R28.056;

M98 P9777;
Y35.0;
M98 P9777;
X35.0;
M98 P9777;
Y – 35.0;
M98 P9777;
M30;
O1001;　　　　　四边形子程序

G90 G0 X15.0;
X37.82 Y12.36;

X23.512
Y – 31.944;
X0;
G03 X – 28.056
Y – 60.0 R28.056;
G01 X0;
M99;

O1003;　　　　　圆形子程序
G90 G01 X9.0
Y – 10.0 F239;
X10.0;

G03 X20.0 Y0 R10.0;
I – 20.0;

X10.0 Y10.0 R10.0;
G01 X0 Y0;

M99;
O9888;　　　　　加工中心孔子程序
G01 Z – 17 F100;
G01 Z10;
M99;

O9777;　　　　　加工孔子程序

G01 X – 23.512;
X – 37.82 Y12.36;
X0 Y40.0;

G01 Z – 22 F100;
G01 Z10;
M99;

思考与练习题

5.1 简述数控加工中心的主要功能。

5.2 简述数控加工中心的主要加工范围。

5.3 刚性攻丝基本格式是什么? 和普通攻丝有什么区别?

5.4 换刀指令 M98 P9000 的意义是什么?

5.5 在加工中心中换刀基本步骤是什么? 应该注意的是什么?

5.6 刀具长度补偿的意义是什么?

5.7 如图 5.8 所示某箱体累零件,在箱体上有 6 个螺纹孔,有一定的位置精度要求,平面已经加工平整,试编制 6 个螺纹孔的加工程序。

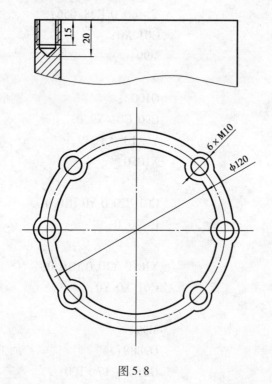

图 5.8

第 **6** 章
数控电火花线切割机床编程与操作

6.1 数控电火花线切割机床加工概述

6.1.1 电火花加工的基本概念

电火花加工又称为放电加工（Electrical Discharge Machining 简称 EDM）。它是在加工过程中，使工具和工件之间不断产生脉冲放电，靠放电时产生的局部、瞬时的高温将金属蚀除下来。这种利用火花放电时产生的腐蚀现象对金属材料进行加工的方法叫做电火花加工。

随着电火花加工技术的发展及应用范围的扩大，电火花加工工艺的方法也逐渐增多，目前应用最多的是电火花成形加工和电火花线切割加工，本章主要介绍电火花线切割加工。

6.1.2 电火花线切割加工原理、应用范围及特点

电火花线切割加工简称"线切割"。它是采用电极丝（钼丝、钨钼丝等）作为工具电极，在脉冲电源的作用下，工具电极和加工工件之间形成火花放电，火花通道瞬间产生大量的热，使得工件表面熔化甚至汽化。图 6.1 是电火花线切割加工的示意图。工件固定在工作台上，与脉冲电源下极相连，电极丝沿导轮不断运动，与脉冲电源负极相连。当工件与电极丝的间隙适当时，它们之间就产生火花放电。而控制器通过进给电机控制工作台的动作，使工件沿预定的轨迹运动，从而将工件腐蚀成规定的形状。工作液通过液压泵浇注在电极丝与工件之间。

线切割可以加工用一般切削加工方法难以加工或无法加工的硬质合金和淬火钢等高硬度、复杂轮廓形状的板状金属工件，尤其适用于冲裁（落料）模具中的凸、凹模的加工。加工不同的工件只需编制不同的控制程序，对不同形状的工件都能容易地实现自动化加工。广泛应用于小批量形状复杂零件、单件和试制品的加工，加工周期短。

数控电火花线切割加工是机械制造行业不可缺少的一种先进的加工方法，具有如下特点：

1）电极丝在加工中不直接接触工件，两者之间的作用力很小，因而不需要电极丝、工件及夹具有足够的刚度，以抵抗切削变形。

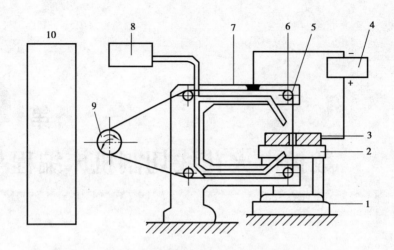

图 6.1　电火花线切割加工示意图

1—工作台;2—夹具;3—工件;4—脉冲电源;5—电极丝;
6—导轮;7—丝架;8—工作液箱;9—储丝筒;10—控制柜

2)电极丝材料不必比工件材料硬,可以加工一般切削加工方法难以加工和无法加工的金属材料和半导体材料。

3)在加工中作为刀具的电极丝无须刃磨,可节省辅助时间和刀具费用。

4)直接利用电、热能进行加工,可以方便地对影响加工精度的加工参数进行调整,有利于加工精度的提高。便于实现加工过程的自动化控制。

5)与一般切削加工相比,线切割加工的金属去除率低。因此加工成本高,不适合形状简单的大批量零件的加工。

6.1.3　线切割加工工艺一般规律

(1)主要工艺指标

线切割加工工艺指标的高低,一般是用切割速度、加工精度及表面粗糙度等来衡量的。

1)线切割加工速度

线切割加工就是对工件进行切缝加工。切割速度(或称加工速度)是指单位时间内,电极丝中心所切割的有效面积,单位为 mm^2/min。

2)线切割加工精度

线切割加工精度是指被加工工件通过切割加工后,其实际几何参数(尺寸、形状和相互间的位置等)与理想几何参数相符合的程度。

线切割快走丝的加工精度可达 ±0.01mm,线切割慢走丝的加工精度可达 ±0.001mm。

3)线切割的表面粗糙度

线切割快走丝加工的表面粗糙度 Ra 为 1.25～2.5μm,线切割慢走丝加工的表面粗糙度 Ra 一般为 0.3μm 左右。

(2)影响工艺指标的主要因素

1)脉冲电源参数对工艺指标的影响

线切割加工一般都采用晶体管高频脉冲电源,用单个脉冲能量小、脉宽窄、频率高的脉冲参数进行正极性加工。加工时,可改变的脉冲参数主要有放电峰值电流、脉冲宽度、脉冲间隔、空载电压。要求获得较好的表面粗糙度时,所选用的电参数要小;若要求获得较高的切割速度,脉冲参数要选大一些。

①脉冲宽度 tw　tw 增大时,单个脉冲能量降低,切割速度降低,表面粗糙度数值变大,放电间隙增大,加工精度有所下降。粗加工时取较大的脉宽,精加工时取较小的脉宽,切割厚度大工件时取较大的脉宽。

②脉冲间隔 t　t 增大,单个脉冲能量降低,切割速度降低,表面粗糙度数值有所增大,粗加工及切割厚大工件时脉冲间隔取宽些,而精加工时取窄些。

③空载电压 u_0　空载电压增大时,放电间隙增大,排屑容易,提高了切割速度和加工稳定性,但易造成电极丝振动,工件表面粗糙度变差,加工精度有所降低。通常精加工时取的空载电压比粗加工低,切割大厚度工件时取较高的空载电压。

④放电峰值电流 Ip　放电峰值电流是决定单脉冲能量的主要因素之一。Ip 增大,单个脉冲能量增多,切割速度迅速提高,表面粗糙度数值增大,电极丝损耗比加大甚至容易断丝。加工精度有所下降。粗加工及切割厚件时应取较大的放电峰值电流,精加工时取较小的放电峰值电流。

快速走丝线切割加工脉冲参数的选择见表6.1。

表 6.1　快速走丝线切割加工脉冲参数的选择

应　用	脉冲宽度 tw/μs	电流峰值 Ip/A	脉冲间隔 t/μs	空载电压/V
快速切割或加工大厚度工件 Ra > 2.5 μm	20 ~ 40	大于 12	为实现稳定加工,一般选择 $t_0/t_i = 3 \sim 4$ 以上	一般为 70 ~ 90
半精加工 Ra = 1.25 ~ 2.5 μm	6 ~ 20	6 ~ 12		
精加工 Ra < 1.25 μm	2 ~ 6	4.8 以下		

2)电极丝对工艺指标的影响

电极丝对工艺指标的影响主要有电极丝直径的大小、电极丝安装精度要求及电极丝走丝速度等几个方面。

①电极丝直径　电极丝直径大时,能承受较大的电流,从而使切割速度提高,同时切缝宽,放电产生的腐蚀物排除条件得到改善而使加工稳定,但加工精度和表面粗糙度下降。当直径过大时,切缝过宽,需要蚀除的材料增多,导致切割速度下降,而且难于加工出内尖角的工件。高速走丝时电极丝的直径可在 0.1 ~ 0.25mm 之间选用,常用的电极丝为 0.12 ~ 0.18mm,低速走丝直径可在 0.076 ~ 0.3mm 之间,最常采用的为 0.2mm。

②电极丝安装精度　电极丝在上丝时,不能过紧或过松,过紧易造成断丝,过松会造成加工工件的尺寸和形状产生误差。电极丝在安装过程中必须保证垂直于工件的装夹基面或工件台定位面,否则会直接影响到加工的精度和表面粗糙度。

③走丝速度　电极丝的走丝速度主要影响线切割速度和电极的损耗,改善加工区的环境。

对于高速走丝线切割机床,在一定的范围内,随着走丝速度的提高,有利于电极丝把工作液带入较大厚度的工件放电间隙中,有利于放电通道的消电离和电蚀物的排除,保持放电加工的稳定,从而提高切割速度;但走丝速度过高,将加大机械振动,降低加工精度和切割速度,表面粗糙度也将恶化,并且易断丝。快走丝的走丝速度一般以小于10m/s为宜。

3)工件厚度及材料对工艺指标的影响

工件薄时,工作液容易进入并充满放电间隙,有利于排屑和消电离,加工稳定性好;但工件太薄时,电极丝容易产生抖动,对加工精度和表面粗糙度不利,且脉冲利用率低,工切削速度因而下降。工件厚时,工作液难于进入和充满放电间隙,加工稳定性差,但电极丝不易抖动,因而加工精度和表面粗糙度较好,但过厚时排屑困难,导致切割速度下降。

另外,工件材料不同,其热电常数不同,因而加工效果不同,一般铜、铝、淬火钢被加工时,切割速度高,加工稳定;硬质合金被加工时切割速度低,加工稳定,表面粗糙度低;不锈钢、磁钢、未淬火高碳钢等被加工时,切割速度较低,表面质量、稳定性较差。

4)工作液对工艺指标的影响

工作液作为脉冲放电的介质,对切割速度、表面粗糙度、加工精度等都有较大影响,加工时必须正确选配。同时,工作液通过循环过滤装置连续地向加工区供给,对电极丝和工件进行冷却,并及时从加工区排除电蚀产物,以保持脉冲放电过程能稳定而顺利地进行。常用的工作液主要有乳化液和去离子水。慢速走丝线切割加工,目前普遍使用去离子水。为了提高切割速度,在加工时还要加进有利于提高切割速度的导电液,以增加工作液的电阻率。对于快速走丝线切割加工,目前最常用的是乳化液。乳化液是由乳化油和工作介质配制(浓度为5%~10%)而成的。工作介质可用自来水,也可用蒸馏水、高纯水和磁化水。

6.2 数控电火花线切割机床的基本编程方法

6.2.1 3B格式编制程序

3B格式是结构比较简单的一种控制格式,以X向或Y向溜板进给计数的方法决定是否到达终点。3B格式及带补偿功能的3B格式(也称为4B格式)程序结构简单,使用的控制器功能有限,而且这种格式只能支持快走丝的线切割,从当前的线切割发展来看,已经不是发展的方向,将可能被淘汰。但是部分旧机器还在应用,而部分新机型也可以支持3B格式,目前可应用的机床还比较广泛。3B格式编程,其数值的计算和程序的编写工作量都要比使用ISO格式编程来得大。

程序格式为:BXBYBJGZ,其中,B为分隔符;X,Y,J为数值,最多6位;G为计数方向,有GX和GY两种;Z为加工指令,共有12种指令,直线4种,圆弧8种。

X,Y,J均取绝对值,单位为微米(μm)。加工直线时,X,Y为相对于起点的终点坐标值;加工圆弧时,X,Y为起点相对于圆心的坐标值。计数长度J取值从起点到终点的溜板移动总长度,即被加工曲线在计数方向上的总投影长度。

计数方向的确定:加工直线时规定,终点接近X轴时应计X,接近Y时应计Y;加工圆弧时规定,终点接近X轴时应计Y,接近Y轴时应计X。这样设定的原因在于,加工直线时终点接近 X 轴,即进给的 X 分量多,X 轴走几步,Y 轴才走一步。用 X 轴计数不至于漏步,可保持较高的精度。而圆弧的终点接近 X 轴时线段趋于垂直方向,即 Y 轴走几步,X 轴才走一步,因此用 Y 计数能保持较高的精度。当 X,Y 坐标值相等时,45°和 225°取 GY,135°和 315°取 GX。

加工指令决定线切割机床加工时的走向。直线加工以 L 加上象限值组成,象限是以加工终点相对于建立在加工起点的坐标系所确定的,比如 L1 为终点在第一象限的直线;顺圆弧加工以 SR 加上象限值组成,象限是以加工起点相对于建立在圆弧圆心的坐标系所确定的,逆圆弧加工以 NR 加上象限值组成,象限是以加工起点相对于建立在圆弧圆心的坐标系所确定的,如 NR2 为起点在第二象限的逆时针走向的圆弧;SR1 为起点在第一象限的顺时针走向的圆弧。

例 6.1　加工图 6.2 所示的某五角星图形,边长为 40mm。线切割加工时无须考虑电极丝半径及放电间隙。

工艺分析:使用快走丝线切割加工,穿丝点和退出点均设在(X0,Y0),长度尺寸计算时作圆整处理。

编程:

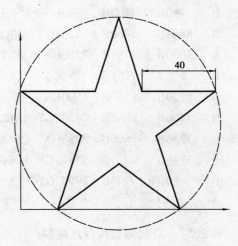

```
B  20000B       0B  20000GX  L1;
B  32500B  23500B  32500GX  L1;
B  32500B  23500B  32500GX  L4;
B  12500B  38000B  38000GY  L2;
B  32500B  23500B  32500GX  L1;
B  40000B       0B  40000GX  L3;
B  12500B  38000B  38000GY  L2;
B  12500B  38000B  38000GY  L3;
B  40000B       0B  40000GX  L3;
B  32500B  23500B  32500GX  L4;
B  12500B  38000B  38000GY  L3;
B  20000B       0B  20000GX  L3;
```

图 6.2　五角形

例 6.2　如图 6.3 所示的某凹模图形,图形为长方形,4 个角有圆角突出。

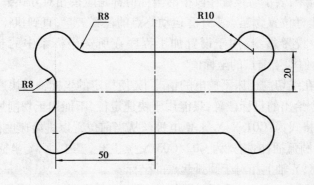

图 6.3　凹模

103

工艺分析:使用 ϕ0.16mm 的钼丝进行加工,单边放电间隙为 0.02mm,可以得到补偿值为 0.1mm。穿丝点设在中心位置,即(0,0),顺时针方向切割。

编程:

```
B       0B  19900B  19900GY  L4;
B   33875B      0B  33875GX  L1;
B       0B   8100B   4500GY  SR1;
B    8868B   4400B  24268GX  NR3;
B    3600B   7256B   7256GY  SR3;
B       2B   7751B   7751GY  L1;
B    8100B      0B   4500GX  SR2;
B    4400B   8868B  24268GY  NR4;
B    7256B   3600B   7256GX  SR4;
B   67751B      1B  67751GX  L2;
B       0B   8100B   4500GY  SR3;
B    8868B   4400B  24268GX  NR1;
B    3600B   7256B   7256GY  SR1;
B       2B   7751B   7751GY  L3;
B    8100B      0B   4500GX  SR4;
B    4400B   8868B  24268GY  NR2;
B    7256B   3600B   7256GX  SR2;
B   33875B      1B  33875GX  L4;
B       0B  19900B  19900GY  L2;
```

6.2.2 ISO 代码数控程序编制

线切割加工 ISO 指令格式程序的常用指令:

G90 绝对坐标指令:表示后续程序段中的坐标值都应按绝对方式编程,即所有点的表示数值都是在编程坐标系中的点坐标值,直到执行 G91 为止。

G91 相对坐标指令:表示后续程序段中的坐标值都是应按相对方式编程,即所有点的表示数值都是以前一个坐标位置为起点来计算运动终点的位置矢量,直到执行 G90 为止。

G92 工件起始点设置指令:用于设置加工程序在所选坐标系中的起始点坐标,格式为 G92 X_Y_,X,Y 坐标值即当前点的坐标值。

G00 快速定位:在线切割机床不放电的情况下,使指定的坐标轴以快速运动的方式从当前所在位置移动到指令给出的目标位置,只能用于快速定位,不能用于切削加工。

G01 直线插补:格式为:G01 X_Y_。使电极丝从当前位置以进给速度移动到目标位置。

G02/G03 顺/逆圆弧插补:格式为 G02/G03 X_Y_I_J_,其中,X,Y 坐标值为圆弧终点的坐标值;I,J 是圆心在 X,Y 轴上相对于圆弧起点的坐标。

T84 冷却液开:控制打开冷却液阀门开关,开始开放冷却液。

T85 冷却液关:控制打开冷却液阀门开关,停止开放冷却液。

T86 开走丝:控制机床走丝的开启。

T87 关走丝:控制机床走丝的结束。

M00 暂停指令:暂停程序的运行,等待机床操作者的干预,如检验、调整、测量等。干预完毕后,按机床上的启动按钮,即可继续执行暂停指令后面的加工程序。

M02 程序停止:结束整个程序的运行,停止所有的 G 功能及与程序有关的一些运行开关,机床处于原始禁止状态,电极丝处于当前位置。如果要使电极丝停在机床零点位置,则必须操作机床使之回零。

例 6.3　线切割如图 6.4 所示的五角星,试用 G 代码编写程序。

工艺分析: 此工件加工暂不考虑电极丝直径及放电间隙,穿丝点及退出点均设置在 (0,0),该点同时作为坐标原点。

编程:

N10 G90 T84 T86 G92 X0 Y0;

N12 G00 X − 5 Y134;

N14 G01 X75　Y134;

N16　　　　X100Y210;

N18　　　　X125Y134;

N20　　　　X205Y134;

N22　　　　X140Y87;

N24　　　　X165Y11;

N26　　　　X100Y58;

N28　　　　X35 Y11;

N30　　　　X60 Y87;

N32　　　　X − 5 Y134;

N34 G00 X0 Y0;

N36　　　T85 T87 M02;

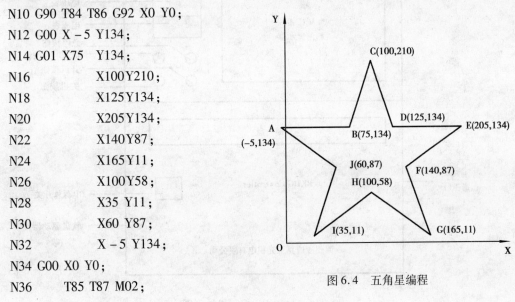

图 6.4　五角星编程

6.3　数控电火花线切割机床的基本操作

本节以国产 DK7725e 型快速走丝电火花线切割机床为例进行介绍。机床采用 BKDC 作为控制系统,该系统是由苏州沙迪克公司开发的通用线切割控制系统,外形美观大方,设计时以操作者为中心,因而给操作和维修带来极大的方便,在国内快速走丝线切割行业中独树一帜。

6.3.1　控制机的基本操作

BKDC 控制机的绝大部分操作都是在键盘上进行的,而所有的操作屏幕都有提示,因此 BKDC 的操作相对比较简单。

（1）控制机的开启与关闭

BKDC 控制机的外形图如图6.5所示。首先将位于控制机中部的电源开关顺时针旋转到 ON 位置,按下控制机面板上的白色带灯按钮,控制机进入复位和自动检测,然后控制机屏幕显示版本信息进入欢迎屏幕,用户按任意键后进入主菜单,按下绿色按钮,按回车键,系统进入正常工作状态。

在系统工作过程中,用户如果按下了急停按钮(红色蘑菇头),系统将有提示出现,等待用户操作。

用户需要关闭控制机时,可以首先按下电源关按钮(红色按钮),然后将电源开关逆时针转到 OFF 位置。

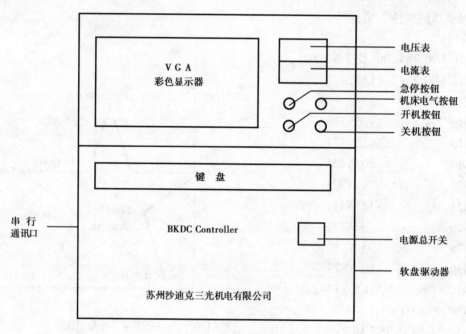

图 6.5　BKDC 控制机外形图

（2）控制机的屏幕划分

在 BKDC 的工作过程中,各种信息在屏幕上都有自己特定的位置,整个屏幕的显示如图6.6所示。按照图中编号顺序对每个区域介绍如下。

①显示图形、数据文件及其他有关信息;

②显示坐标和其他有关信息;

③显示当前几何参数和电气参数;

④显示系统提示信息,指导用户操作;

⑤显示操作结果,告诉用户操作成功或出错;

⑥显示最近操作的文件名;

⑦显示版本信息及菜单目前所处位置;

⑧显示当前时间;

F1～F8 是系统菜单,用户所有的操作可根据菜单内容及屏幕提示选择 F1～F8 键或其他特殊键来实现。

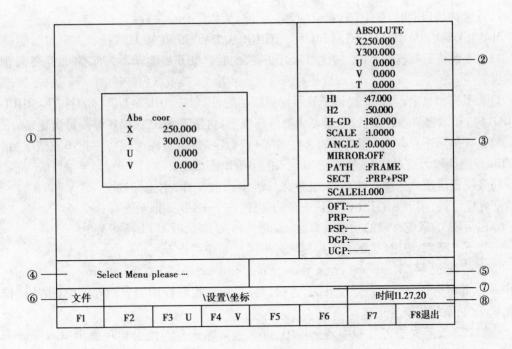

图 6.6　控制机屏幕划分

(3)控制菜单的结构

BKDC 控制机的菜单采用树状结构,从上往下,最上层是系统主菜单,系统主菜单如图 6.7 所示。

F1 文件	F2 编辑	F3 测试	F4 设置	F5 人工	F6 语言	F7 运行	F8 编程

图 6.7　主菜单

在主菜单下按 F1～F8 就可以进入相应的菜单,如按 F1,则进入 File 菜单,在 File 菜单下再按 F1～F8,就进入下层子菜单。各个菜单的操作都是如此。

(4)系统编辑器命令

1)系统编辑器命令

F6—TOP:返回文件头

F7—BOOTOM:返回文件末

F1—SAVE:文件存盘后退出编辑状态

F8—EXIT:退出编辑状态,文件不存盘

F4—DELETE:删除光标所在行

除以上命令外,系统支持光标键和翻页键,但不支持 TAB 键。

2)编辑状态显示行

在编辑器的顶部,还有一编辑状态显示行,各项的含义为:LINE 表示当前光标行;COLUMN:表示当前光标列;INSERT 表示系统处于插入状态,OVERWRITE 表示系统处于改写状态,按 INS 键可使 INSERT 变为 OVERWRITE 或相反;FILENAME 表示当前编辑文件名。

(5)操作中应注意的问题

在具体操作过程中,应注意以下几点:

1)系统初次启动时,盘上(软盘或硬盘)必须含有以下几个文件:

MAIN.EXE、BPAR.DAT、SYSERR.$$$、CHNUM.DAT 和 NUM.DAT;

2)当系统进行磁盘操作时,磁盘指示灯变亮,此时严禁开启驱动器,否则将发生不可预料的错误;

3)为了保护显示器,系统提供了显示器睡眠功能,用户按 SHIFT-TAB(同时按下 SHIFT 键和 TAB 键)显示器进入睡眠状态,即显示器屏幕变黑,再按下 SHIFT-TAB 屏幕将恢复显示;

4)系统提示用户输入字符串(如文件名等)或数字时,用户输入相应字符串或数字后,按 ENTER 键确认输入或者按 F8 键取消所输入的字符串或数据;

5)系统提示用户选择文件名时,红色光标表示当前文件,用光标键"!"、"∀"、"#"、"∃" 可改变光标位置,按下 ENTER 键确认选择的文件,按下 F8 键则取消选择;

6)F1~F8 为系统常设的功能菜单键,如按下 F1 键表示进入 F1 所指菜单;

7)按下 RESET 按钮(见图 6.5 控制机外形图),系统将重新复位;

8)当系统提示"Hardware error, press Enter to continue"或"Limit error, press Enter to continue",此时请仔细检查各限位开关,电源急停按钮和控制机内的自动开关位置,故障排除后按 Enter 键系统将恢复正常;

9)如果系统前次加工过程中遇上停电,那么进入系统时系统会出现提示"Continue cut, Y/N",请检查工件和电极丝是否正常,然后选择"Y"则继续前次加工,选择"N"则放弃前次加工;

10)如果进入系统时,用户接口板没有安装或接口卡没有安装好,系统将提示"NO HARDWARE,PASSWORD PLEASE",此时请用户关机并通知专业维修人员处理,假如用户输入了不正确的口令,系统将视为非法拷贝者,整个系统将发生不可预料的结果。

6.3.2　加工过程中一些特殊情况的处理

(1)短路

当加工过程中出现短路时,出现提示"Short back,press ESC to Exit",同时系统自动按原轨迹回退,短路消除后加工继续。短路回退过程中,用户按 ESC 键后,系统将停止回退,但当系统恢复加工后,下一次短路时仍具有自动回退功能。系统自动回退最大为 7000 步,回退到尽头时,系统出现提示"Short pause",可能出现了工件变形等异常情况。

(2)断丝

加工过程中断丝发生时,系统自动关运丝电机、工作液泵和加工电源,同时出现提示 "Wire break,return Y/N",用户选择"Y",系统将回退至切割起始点,用户选择"N",上丝按钮处于开放状态,在断丝点穿丝后依系统提示操作后继续加工。

(3)用户暂停

用户按 F1 键,系统进入暂停状态,加工电源关,出现提示"Pause,press ESC to continue", 用户如果需要恢复加工,按 ESC 键就可以了。

6.3.3　典型操作过程

加工一个 10mm × 10mm 的方形零件,下面是从开机至加工结束的具体操作步骤:

1)合上总电源开关。

2）按下面板上白色带灯按钮,灯亮,计算机启动,系统自检后进入欢迎屏幕。

3）按下面板上绿色按钮,机床电器部分能正常工作。

4）任意键进入主菜单

5）按 F2 键,进入 Edit 菜单。

6）按 F1 键,生成一个新的 ISO 文件,此时系统提示用户输入文件名,用户输入 TEST 后按 Return 键,系统进入编辑状态。

7）输入程序

N10 G90 T84 T86 G92 X0 Y0;

N12 G01　X1000;

N14 G01　Y10000;

N16 G01　X11000;

N18 G01　Y0;

N20 G01　X1000;

N22 G01　X0;

N24 T85 T87 M02;

8）按 F1 键存盘并退出编辑状态,系统中已存在 TEST. ISO 文件。

9）按 F8 键后退回主菜单,按 F5 键进入 Manual 菜单,按 F1 进入 Per_wire 菜单,通过上丝按钮完成上丝工作和张丝工作。

10）退回主菜单,按 F7 键进入 Run 菜单,此时系统提示用户选择文件,把红色光标移至 TEST. ISO 上,按回车键选择文件。

11）按 F1,选择 Draw 命令,通过 Window 命令在屏幕上画出大小适中的图形。

12）返回 Run 菜单,选择 F2（Dry_run）,按 F1（Continue）检查切割图形。

13）返回 Run 菜单,选择 F3（E_par）,选取合适的加工参数。

14）返回 Run 菜单,选择 F7（Cut）,系统自动开启运丝电机和工作液泵,请调节工作液阀门,使工作液刚好包住钼丝流下,同时观察加工电压表和电流表,按 F6 或 F7 调节进给速度,使加工稳定。

15）切割结束后,系统提示"Cut End, Select menu please"。

16）选择 F8 键返回主菜单。

17）按电源关按钮,显示器屏幕变黑。

18）关上总电源开关。

在以上的步骤中,并不是每一步都必须的,在不同情况下有些可以略去。

6.4　数控线切割机床编程与加工实例

数控线电火花切割加工在模具等行业中应用广泛,但其属于电加工,故在工艺问题上与切削加工有所区别。程序编制的 ISO 格式与 3B/4B 格式都有实际应用。

某机床在维修中,有一个防松垫圈在拆卸时损坏,经测绘尺寸如图 6.8 所示。要求按图中尺寸加工出配件。

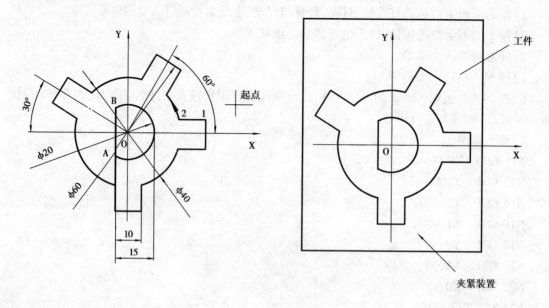

图6.8 防松垫圈

6.4.1 工艺分析

应按单件生产来处理。尽管该零件为冲压件,但从加工成本角度考虑,采取不用制作模具的铣削和线切割方法都可行,但考虑到该零件很薄,不易铣削,故选用线切割方法最为合理。

选择底平面作为定位基准面,选择孔的中心作为工序尺寸基准,并作为加工内孔时的穿丝点。

加工内孔时对工件的强度影响不大,采用顺、逆圆加工都可。加工外轮廓时,应向远离工件夹具的方向进行加工,以避免加工中因内应力释放引起工件变形。待最后再转向接近工件装夹处进行加工,若采用悬臂式装夹,应从起点开始逆时针方向加工。

6.4.2 编制加工程序

(1)数学计算

计算各点坐标和圆心坐标I,J。

内孔:A(-5, -8.663)

B(-5,8.663)

外轮廓:外轮廓上各点按逆时针方向分别记作1,2,3,…,其坐标在表6.2中列出。

表6.2 点坐标和圆心坐标

点	X	Y	I	J
起点	50	10		
1	29.580	5		
2	19.356	5		
3	14.013	14.271	-19.356	-5
4	19.120	23.117		

110

续表

点	X	Y	I	J
5	10.460	28.117	− 19.120	− 23.117
6	5.352	19.271		
7	− 14.271	14.013	− 5.352	− 19.271
8	− 23.117	19.120		
9	− 28.117	10.460	23.117	− 19.120
10	− 19.271	5.352		
11	− 5	− 19.365	19.271	− 5.352
12	− 5	− 29.580		
13	5	− 29.580	5	29.365
14	5	− 19.356		
15	19.356	− 5	− 5	19.365
16	29.580	− 5		
17	29.580	5	− 29.580	5

（2）编制程序

电极丝直径 $\phi 0.15$，放电间隙 0.01

内孔程序：

N10 G90 T84 T86 G92 X0 Y0；

N12 G41 D85；

N14 G01 X − 5000 Y − 8663；

N16 G01 X − 5000 Y8663；

N18 G02 X − 5000 Y − 8663；

N20 G40；

N22 G01 X0 Y0；

N24 T85 T87 M02；

外轮廓程序：

N10 G90 T84 T86 G92 X50000 Y10000；

N12 G42 D85；

N14 G01 X29580 Y5000；

N16 G01 X19356 Y5000；

N18 G03 X14013 Y14271 I − 19356 J − 5000；

N20 G01 X19120 Y23117；

N22 G03 X10460 Y28117 I − 19120 J − 23117；

N24 G01 X5352 Y19271；

N26 G03 X－14271 Y14013 I－5352 J19271;

N28 G01 X－23117 Y19120;

N30 G03 X－28117 Y10460 I23117 J－19120;

N32 G01 X－19271 Y5352;

N34 G03 X－5000 Y－19365 I19271 J－5352;

N36 G01 X－5000 Y－29580;

N38 G03 X5000 Y－29580 I50000 J29356;

N40 G01 X5000 Y－19356;

N42 G03 X19356 Y－5000 I－5000 J19365;

N44 G01 X29580 Y－5000;

N46 G03 X29580 Y5000 I－29580 J5000;

N48 G40;

N50 G01 X50000 Y10000;

N52 T85 T87 M02;

6.4.3 加工准备及操作

1）检查储丝筒运动、导轮运动、工作台往复运动是否灵活;

2）根据工件厚薄调整好上下丝架的距离;

3）安装工件:夹具、工件、工作台面要仔细做好清洁工作,紧固夹具,校正工件后,将工件夹紧;

4）按6.3.3所讲步骤,加工零件,注意观察加工时机床的运行状态;

5）加工完成后,卸去工件,注意不要将电极丝碰伤、碰断,关断电源,打扫清理机床,将工具放回原处。

思考与练习题

6.1 简述数控电火花线切割机床的加工原理和用途。

6.2 简述 ISO 格式和3B 格式编程特点。

6.3 圆弧编程加工指令共有几种指令？如何表示？

6.4 简述数控电火花线切割机床从开机直至加工结束的具体操作步骤。

6.5 在操作 BKDC 控制机时应注意哪些问题？

6.6 在加工过程中出现短路和断丝时,应该如何处理？

6.7 如图 6.9 所示,零件要求在高速走丝线切割机床上加工,采用的直径 $d = 0.12\,mm$ 的钼丝,单边放电间隙0.01mm,试用 3B 格式编制加工程序(图中的虚线表示已经包含补偿值的轮廓轨迹)。

6.8 加工如图 6.10 所示的零件,试用 G 代码编程(不考虑电极丝直径及放电间隙)。

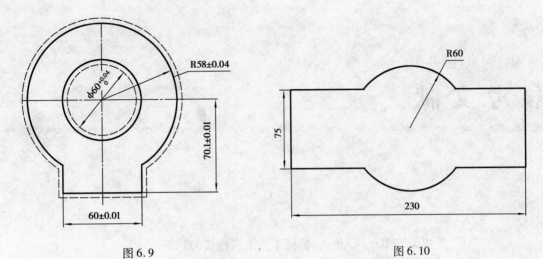

图 6.9　　　　　　　　　　　　　图 6.10

6.9　加工如图 6.11 所示的对称凹模,采用直径为 0.16mm 的电极丝,单边放电间隙取 0.02mm,补偿值为 0.1mm。两个穿丝点分别设在离尖角较近的位置(−48,48)和(48,48)。

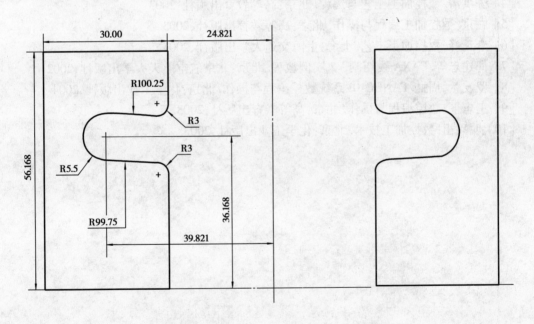

图 6.11　凹模

113

参 考 文 献

［1］王卫兵. 数控编程 100 例. 北京:机械工业出版社,2003

［2］黄康美. 数控加工实训教程. 北京:电子工业出版社,2004

［3］盛定高. 模具数控加工技术. 北京:电子工业出版社,2002

［4］陈洪涛. 数控加工工艺与编程. 北京:高等教育出版社,2003

［5］顾京. 数控加工编程与操作. 北京:高等教育出版社,2003

［6］李正峰. 数控加工工艺. 上海:上海交通大学出版社,2004

［7］邱建忠等. CAXA 线切割 V2 实例教程. 北京:北京航空航天大学出版社,2002

［8］罗友兰,周虹. FANUC-0i 系统数控编程与操作. 北京:化学工业出版社,2004

［9］王志平. 数控编程与操作. 北京:高等教育出版社,2003

［10］明兴祖. 数控加工技术. 北京:化学工业出版社,2003

教师信息反馈表

　　为了更好地为教师服务,提高教学质量,我社将为您的教学提供电子和网络支持。请您填好以下表格并经系主任签字盖章后寄回,我社将免费向您提供相关的电子教案、网络交流平台或网络化课程资源。

书名:		版次	
书号:			
所需要的教学资料:			
您的姓名:			
您所在的校(院)、系:	校(院)		系
您所讲授的课程名称:			
学生人数:	_____人　　_____年级	学时:	
您的联系地址:			
邮政编码:	联系电话	（家）	
		（手机）	
E-mail:(必填)			
您对本书的建议:		系主任签字	
		盖章	

请寄:重庆市沙坪坝正街 174 号重庆大学(A 区)
重庆大学出版社市场部

邮编:400030
电话:023-65111124
传真:023-65103686
网址:http://www.cqup.com.cn
E-mail:fxk@cqup.com.cn

请按此裁下寄回我社或在网上下载此表格填好后 **E-mail** 发回